ブレストガール！

女子高生の戦略会議

今井雅子
Imai Masako

文芸社文庫

はじめに

本書『ブレストガール！』は2004年に刊行された単行本『ブレーン・ストーミング・ティーン』に、単行本版を原作にした2006年放送のテレビドラマ「ブレスト～女子高生、10億円の賭け！」の内容を加筆したものです。

この物語に描かれている広告の世界は、日々めまぐるしく変化し、目覚ましく進歩しています。今年の最新は来年には古くなってしまいます。けれど、自分の中にある宝物を掘り起こして光らせるブレストの面白さは、広告がどんなカタチになろうと変わらないと信じています。そのため、本書ではあえて時代設定はアップデートしていません。

2004年当時、ケータイといえばガラケーでした。今ではすっかりおなじみになったQRコードも、まだまだ知られていませんでした。あれから干支がひとめぐりした今、ケータイといえばスマホになり、アプリやSNSを使った面白いキャンペーンが続々と生まれています。

登場人物たちより未来を生きている読者のあなたに、「今だったら、こういうこともできるんじゃない？」とブレストに参加しながら読んでいただけたら、うれしいです。

２０１７年　今井雅子

【ブレストのルール】

1　人の発言を否定しない
2　なんでも自由に発言する
3　発言の質より量
4　人の発言に自分の考えを結びつけて新しいアイデアを出す

目次

project 01　ティー

011

ブレーン

女子高生制服博覧会みたいなその会場で、都立T高校の地味な制服に身長150センチのちっぽけな体を包んだあたしは、壁際にひとりで立っていた。外資系広告代理店Mエージェンシーが主催した第1回高校生コピーライター選手権の受賞パーティ。

あたしは応募した高校生のひとりとして会場にいた。

作品募集のポスターを見つけたのは、高校2年生の始業式の日だった。学年はひとつ上がったけれど、それ以外は何の成長もないまま、大学受験だけが急接近したような息苦しさを感じていたあの日。進路指導の面談の希望日アンケートが配られ、ママがあたしの学力を度外視して何を言い出すかと思うと、早くも気が重くなっていた。

うつむきがちに廊下を歩いていたら、

《賞金10万円》

職員室前の掲示板に貼ってあったポスターの文字が目に飛び込んだ。

「10万円あったら、ひとり暮らしできるかもしれない」

あたしは、ほわんと考えた。

1か月ぐらいなら。

「ママとパパに内緒でケータイを持つのもいいかも」

通信料をケチれば1年ぐらい使える。

その頃のあたしは、家と学校をなんとなく往復する毎日で、半径5キロの世界で生きていた。

部活にも入らず、彼氏もいない。中学校まで仲良かった親友とは、たまに会うぐらい。とくに趣味もなくて、バイトは禁止。ケータイを持つのも禁止。

学業を邪魔するものから徹底的に遠ざけようとするママの涙ぐましい努力の割には、あたしの成績は中の下をさまよっていた。

Mエージェンシーという聞いたことない会社のコピーライター選手権。

目に留まったのが運命のように思えた。

《あなたのコピーが商品パッケージに》

このコンテストで優勝すれば、クラスの子たちや先生のあたしを見る目が少しは変わるかもしれない。ママもあたしを見直すかもしれない。単身赴任中のパパも、あたしをバカにしている中学一年生の弟の稔も。

それは、賞金10万円よりも魅力的なごほうびに思えた。

それ以上に、あたしが気になっていたのが、この1行だった。

《最優秀賞受賞者は高校生ブレーンとして活躍のチャンス》

高校生ブレーンって何だろう。

あたしの知らない、ワクワクする世界が見えない扉の向こうに広がっている気がした。

締切は3日後の消印有効となっていた。

あたしはテスト勉強でも発揮したことのない集中力で30本のコピーを書いて、応募した。

このどれかが鍵穴に合って、扉が開きますようにと願って。

それから2か月後の受賞パーティ。

あたしが応募した30本の中の1本が最終選考の10本に残っていた。

もしかしたら……という期待で、あたしは結果発表を見守っていた。

「応募総数657作品を勝ち抜いたのは、東京聖女学院高等科2年生、小林雛子さんの作品です！」

最優秀賞を逃したこと以上に「女学院に負けた」ことが悔しかった。

ミッション系お嬢様学校の東京聖女学院は、あたしが高校受験して落ちたとこ。おかげで、あたしは地元の都立高校に行くことになった。ママとパパは今でも嘆いているけど、あたしは共学で良かったと思っている。

それでも、受験で落とされた学校の子に、コピーライター選手権でも負けたのは面白くなかった。

どうせブスなガリ勉ちゃんだよ。

負け惜しみも手伝って、勝手に決めつけていた。なのに、ステージのスポットライトの中に現れた雛子は、会場から「かわいいー」と歓声が飛ぶほどの美少女で、あたしはとどめのダメージを受けた。

毛先までつやつやの黒髪と透き通るような白いもち肌。こぼれ落ちそうな大きな瞳。名前通りお雛様みたいな雛子は、歓談タイムになると、主催者関係の大人たちに取り囲まれた。

「優勝おめでとう。高校生ブレーンとして、才能を活かしてもらえますか」

スーツ姿のダンディな男性が雛子に名刺を差し出すのを、あたしは壁際から見ていた。

「かしこまりこ」

雛子は上品なメゾソプラノの声を響かせて、首を15度くらい傾けて微笑んだ。その仕種がまた愛らしくて、首傾げスマイル選手権をやっても優勝しちゃうなとあたしは嫉妬した。

雛子語でＯＫを意味する「かしこまりこ」を聞いたのは、そのときが最初だった。

こんな何もかもそろってる子は、きっと性格が最悪に違いない。

あたしはそう思った。そうでもないと不平等すぎる。

「あのコピー、頭良すぎて、アタシついていけないんだけどぉ」

その声に目をやると、かわいいチェックの制服と派手な子が多いことで有名な渋谷女学園の子が、Ｍエージェンシーの若手男性社員をつかまえて、タメ口で雛子のコピーをけなしていた。

腰まで伸びた茶髪。左右の耳に3個ずつ並んだピアス。切れ長の目が強くて、タダモノじゃないオーラを感じさせる。

女の子も背が高いけど、男性社員も大柄で、２人並ぶとやたらと目立つ。

「君が応募したコピーは、どういうの？」

「アタシは出してないよ。友だちに誘われて遊びに来ただけ。そしたら友だちだらけでびっくりしたけど」

彼女は学校を超えて顔が売れているらしかった。クラスの中でも埋もれているあたしとは大違い。

「君、面白いね。高校生ブレーンやってみない？」

なんと、1本も応募もしていない彼女が高校生ブレーンに採用された。

「ブレーンって何だっけ？　食べもの？」

「ブレーンは脳みそだよ。みそだけど食べられない」

若手社員は彼女のボケをやんわりと訂正して、

「僕たちのブレーンとして、アイデア出しの会議に参加してもらいたいんだ」

「アタシでいいの？　渋谷女学園《シブジョ》だよ。偏差値どん底なんだけど」

「偏差値は関係ないよ。大人にはない、ぶっとんだ発想が欲しいんだ」

「シゲキ担当ってわけ？　つまんない意見にハバネロぶっかけてあげる」

初対面の大人とキレのいい会話ができる彼女は、頭の回転が速い。たぶん勉強をサボってきただけ。あたしはシブジョの彼女にも「負けた」と思った。

壁際で取り残されているあたしは、人知れず咲いているタンポポにでもなった気分だった。誰もあたしを気に留めない。あたしは誰の印象にも残らない。いつものことだけど。

もしかしたらと期待したのがバカみたいだった。

帰ろうかなと思ったとき、あたしに真っ直ぐ近づいてきた人がいた。

雛子に賞状を手渡していたカッコいい女の人。その人が、

「山口摩湖さん」

あたしの名前を呼んだ。

そして、あたしを高校生ブレーンにスカウトした。

壁際のタンポポにスポットライトが当てられた上に花吹雪まで舞ってしまった。

優勝は逃したけれど、あたしは高校生ブレーンに選ばれた。

だけど、ママにはそのことを言わなかった。単身赴任中のパパにも、弟の稔にも。

あたしが勉強に関係のないものに首を突っ込むのを、ママもパパも良く思わない。

おしゃべりな稔にも知られないほうがいい。

まだ高校生ブレーンが何をやるのかもよくわかっていなかったし、いつか自慢したくなるときが来たら胸を張って言おうと思っていた。

それに、ママとパパの知らないあたしがいるのもなんだか面白いし。

見えない扉が開いて、あたしは半径5キロの世界の外へ飛び出した。

012　ブレスト

6月の第3水曜日、あたしたち高校生ブレーンはMエージェンシーの5階にある戦略企画室に集められた。

Ｍエージェンシーは外資系で、本社はニューヨークにある。日本に上陸したのは16年前、あたしが生まれた年。

最初はたった24人の事務所だったのが、順調に大きくなって、2年前に社員数が3桁になり、表参道沿いにある今のビルに引っ越した。原宿ラフォーレから歩いて3分、ファッションビルがひしめく一角にある5階建てのビルをまるごと借りている。

戦略企画室はマーケティング本部専用の会議室だけど、普段は鍵がかかっている。会議で使うときだけ鍵を開け、中から鍵を閉める。

ライバルの広告代理店に秘密が漏れないようにするため。広告代理店は、アイデアが商品だから。

教室の4分の1ぐらいの正方形の部屋の真ん中に、イタリアから直輸入したモノトーンの丸テーブルとスケルトンの椅子。ドアを入って右側の壁は、一面ホワイトボードになっている。反対側の壁は、分厚い資料や横文字の本がぎっしり並んだキャビネット。ＤＶＤが再生できるテレビとＣＤラジカセと冷蔵庫とオーブンレンジも1台ずつ収まっている。

ドア正面の壁は天井から床までガラス窓になっていて、原宿の街を見下ろせる。

「アタシ、佐々木操。見事にキャラがかぶってないね」

渋谷女学園の派手な子が、あたしと雛子を見て言った。

彼氏のいない高校2年生ってことを除けば、学校も友だち関係も趣味もバラバラな3人。あたしが交じっているのが不思議。

「受賞パーティのときに顔合わせはしたけど、あらためて。マーケティング本部マーケティング・プランナーの三原です」

あたしをスカウトしたカッコいい女の人が自己紹介した。

あごのラインで切りそろえたストレートの髪。ピンと上を向いたまつ毛。長くて形のいい爪に、パキッとした赤のマニキュア。ジム通いで鍛えているようなボディに、細身のジーンズがよく似合う。どこから見てもすきがない。年は30代の真ん中あたり。きっと何十代になっても、オバサンの仲間入りはしない。

操をスカウトした若手男性社員は、三原さんのアシスタント、入社6年目28才独身の高倉さん。あだ名は「健さん」。縦にも横にも大きな体は身長180センチ、体重86キロあるとか。あどけない丸顔。寝ぐせは「いつものこと」。性格はマイペース。得意先《クライアント》の前でもアガったことがないとかで、「度胸あるんだか鈍いんだか」三原さんにもわからない。

雛子をスカウトしたダンディな男性は、三原さんと健さんの上司の三国さん。

オールバックが嫌味にならない彫りの深い顔立ち。受賞パーティのときのスーツ姿も決まってたけど、チノパンの折り返しとナイキの靴紐の空色をさりげなく合わせて、今日も惚れ惚れするくらいお洒落。あたしのパパと同じ45才と聞いてびっくり。30代って言われても、気持ちよくだまされそう。

肩書きは「マーケティング本部戦略企画室室長」。

戦略企画室は、あたしたちが集まった部屋の名前であり、三国さんと三原さんと健さんだけの小さな部署でもある。

「僕たちはね、切り込み隊なんだよ」と隊長の三国さんは笑う。

新しい得意先や新しい製品に、斬新なアイデアで切り込んでいくのが仕事なのだ。

「高校生ブレーンの3人には、定期的に戦略企画室に集まって、私たちとブレストしてもらいます」

三原さんが言った。

ブレスト？

「ブレーン・ストーミング、略してブレスト。ブレーンは頭脳、ストーミングは嵐を起こすって意味。直訳すると、脳みそに嵐を起こすこと」

アシスタントの健さんが三原さんのカタカナを解説してくれる。

「頭の中身をかき混ぜて、一人ひとりの頭の中に埋もれているアイデアの種を掘り起こす。その種を組み合わせて、アイデアの花を咲かせる作業。誰も見たことのない花を咲かせるために、あなたたちを選んだってわけ」

三原さんがいたずらっぽく笑った。

あなたたちを選んだ。

三原さんは、さらっと言ったけれど、選ばれるよりこぼれることに慣れているあたしは、その言葉を耳の奥で転がした。

雛子と操の花束に紛れた雑草のタンポポ。この2人と一緒に自分が選ばれたのがまだ信じられなかった。

1回目のブレストのお題は、「新発売の缶紅茶『THÉME《テーマ》』を買いたくなるようなプレゼント・キャンペーンの開発」。

実はこのTHÉMEが、高校生コピーライター選手権のテーマだった。

《サクラ飲料から新発売される新しいタイプの缶紅茶○○○は、天然果汁で甘みをつけたノンシュガーティー。ほんのり香る果実が気分をリラックスさせ、ゆったりした時間を味わえます。この製品コンセプトをもとに、ネーミングとプロダクト・ショルダーを開発しなさい》

　プロダクト・ショルダーというのは、商品を語る短いコピーで、商品名の肩（ショルダー）に乗っけて使われることが多い。

　最終選考に残ったあたしの作品のネーミングは、『セピア』。

　果汁の入った紅茶ということで、頭の中でイチゴやオレンジやアプリコットを紅茶に足してみたら、ちょっぴり懐かしいセピアカラーになったから。

　プロダクト・ショルダーは、「なつかあたらし果実のかほり」にした。

　色を商品の名前にしたことと、レトロという位置づけが評価された。

　そこに立ちはだかったのが、雛子のコピー。

　雛子はこの缶紅茶に海の向こうの匂いを感じた。フランス映画が好きな彼女は、紅茶はフランス語で「ＴＨÉ《テ》」ということを知っていた。Ｅの上にチョンとついた「点」を茶葉のデザインであしらうのがいいかもと思った。

　次に雛子は、この紅茶を飲んだらどんな気持ちになるか想像してみた。やさしいフルーツの香りに包まれて、いちばん自分らしい自分になれる気がする。英語のＭＥがひらめいた。THEとMEを並べてみると、テーマになる。THÉMEは「ザ・ミー」とも読めて、「これが私」という意味も込められる。

こんな風に広がるのは、きっといい名前ねと雛子は首を傾げて微笑んだに違いない。

自分に帰るお茶。THÉMEという名前に、雛子は「おかえりなさい、私」と素直なプロダクト・ショルダーをつけた。

通学に片道1時間かかる雛子は、ひと月に20冊も本を読む。愛読書は辞書で、とくにお気に入りは、類語辞典と8か国語辞典（単語ごとに8か国語を並べたもの）なんだそう。

「虹はフランス語でラルク アン シエルっていうの。空のアーチって意味なんだ」

なんて発見をうっとりした目で話してくれる。変な子。

あたしの『セピア』は、最後の最後まで『THÉME』といい勝負だったと後で三原さんが教えてくれた。

最終的にはサクラ飲料宣伝部の担当者がTHÉMEを強く推して、雛子のコピーが勝った。

サクラ飲料はドリンク業界の老舗で、どちらかというと古くさいイメージがある。セピアだとますます色あせてしまいそうで、むしろ横文字で若々しいイメージを打ち出したい、という意見だった。

最優秀作品に選ばれたネーミングとプロダクト・ショルダーはパッケージに印刷され、商品となって全国にデビューする。

もしかしたらあたしのコピーだったかもしれない……と思うと、胸がチクチクする。

013　**ルール**

THÉMEのプレゼント・キャンペーンのアイデア出しは、あたしにとっては敗者復活戦だった。

ネーミングとプロダクト・ショルダーは雛子に持っていかれたけど、ここであたしのアイデアが採用されれば、おあいこだ。ううん、逆転だってあるかもしれない。

あたしの焦りをよそに、

「今いちばん欲しいもの、何かなあ」

雛子は誕生日プレゼントのリクエストでも考えるみたいに、無邪気な女の子していた。そんな真似できない余裕が余計にあたしを悔しがらせる。

神様って、なんて不公平なの。

「製品のターゲットは君たち高校生なんだから、自分だったら何に釣られるか考えればいいんだよ」

三国さんのアドバイスが入って、あたしは自分が欲しいものを思い浮かべた。でも、ライバル心が邪魔して、素直な16才の女の子の気持ちになれない。

とりあえず何か言わなきゃと焦っていたら、

「フレグランスはどうかな」

雛子に先を越された。

「香りつながり。なるほどね」

三原さんが悪くない反応をする。

「天然果汁の香りを小さなボトルに閉じ込めて、アクセサリーにできたらかわいこ」

雛子がさらにリードする。

まずいまずい。何か言わなきゃ。

「でも、主役は果汁じゃなくて紅茶だよね？」

すみません。今、雛子の足を引っ張りました。

「ルール1。人の発言を否定しない」

宣言するように三原さんが言った。

「ブレストにはルールがあるんだ」

健さんがそう言って、ホワイトボードに4つのルールを書いた。

1　人の発言を否定しない
2　なんでも自由に発言する
3　発言の質より量
4　人の発言に自分の考えを結びつけて新しいアイデアを出す

「ブレストで出るすべての発言は、アイデアの種なの。どんな芽が出て花が咲くか育ててみなきゃわからない。つまらなく見えた種から面白い花が咲くこともあるから、とりあえず転がして、つなげてみる」

　三原さんがまとめた。

「じゃあ好きに言わせてもらうね。アタシはクルマ」

「残念ながら、車はプレゼントできないな」

「あれ？　否定しないんじゃなかったっけ。三原さん、ルール破ってるよ」

「否定じゃなくて、実現不可能ってこと。このキャンペーンはクローズドだからケーヒョーホーに引っかかっちゃうの」

　クローズド？

　ケーヒョーホー？

あたしたちの顔がハテナになった。

「景品表示法を略して景表法。プレゼント・キャンペーンが過熱しないように歯止めをかける法律なんだ」

健さんの解説が入った。

誰でも応募できるオープン懸賞に対して、製品を買ったり会員になったりという条件がつくのがクローズド懸賞。景品の最高額は「応募に必要な出費価格の20倍まで（ただし上限は10万円）」と決まっている。

「販売価格120円の缶紅茶5本で応募できるキャンペーンの場合、600円の20倍だから……1万2000円？」とあたし。

「なーんだ。ミニカーしか買えないじゃん」

操はガッカリして、

「全身鏡でもプレゼントする？　商品のテーマは、等身大の自分なんでしょ」

「いいんじゃない、それ。商品に合ってる」

三原さんがひざを打った。

「でも、鏡ってフツーじゃない？」

アイデアが出ていないあたしは、半分負け惜しみ。心の中では、鏡っていいかもとささやく声もあるけど、とりあえず突っぱねてみる。

「アタシの全身が入るような鏡って、なかなかないの」

操が口をとがらせた。彼女とあたしの間には、身長20センチの距離がある。

「フランス映画に出てくるパリジェンヌの部屋にありそうな鏡だったら、欲しいな」

雛子の頭の中には、木の香りがするナチュラルでシンプルな鏡のイメージが出来上がっていた。

「いいじゃん。天然果汁の紅茶に、自然の木」と操。

「木のフレームにTHÉMEって彫ったら、かわいこかも」

かわいこ、かしこまりこ、うれしこ、かなしこ……。雛子語は語尾に「こ」がつくのが特長。「かわいこ」の逆は「ブサイコ」。

「摩湖はどうなの？」

鏡に乗り切れていないあたしを三原さんが見た。

「いいんじゃないですか。あたしは雛子や操ほど鏡見るの楽しくないけど」

ちょっぴりいじけたイエスの返事。でも、雛子のアイデアじゃないから、まあいっか、なんてヘラヘラ思ったりして。

はじめてのブレストは、あたしの出番のないまま終わった。

project 02　チキン

021　リサーチ

1回目のブレストの帰り際、あたしたちはMエージェンシーのロゴが入った封筒を三原さんから受け取り、「ブレスト謝礼として」とただし書きがある領収証にサインをした。外資系の会社だから、普段から社内の書類にはハンコを使わない。

封筒の中には1万円札。2時間アイデア出しをした謝礼だから、時給5000円の計算になる。

「友だちには内緒にしていてね。誰でもできる仕事じゃないんだから」

三原さんはウィンクで釘を刺してから、

「よかったら、来週の水曜も来てもらえる？」

あたしたちは「もちろん！」と声をそろえた。

「クライアントは『チキン・ザ・チキン』なんだけど」

「ああ、チキチキかあ」

操の声のトーンが「イマイチ」と言った。

チキン・ザ・チキン、通称チキチキは、4月にアメリカから日本に上陸した網焼きチキンのファストフード・チェーン。

「大々的に広告を打ったから認知率、いわゆる知名度ね、はほぼ100％なんだけど、売り上げが目標の半分にも届いてないの」

三原さんはそう言ってから、真面目な顔になって、

「あ、こういうことは、秘密にしていてね。よくない噂はすぐに広まっちゃうから」

「秘密も何も、店ガラガラじゃん」と操。

「チキンなだけに閑古鳥」

雛子はポエムでも口ずさむような調子でキツイことを言う。

「じゃあどんな店なら、飛んで行きたくなる？　それが次の課題」

鳥がバサバサ羽ばたく真似をして、三原さんが言った。


1週間後、6月の第4水曜日。操と雛子とあたしは再びMエージェンシーの戦略企画室に集まった。

2回目のブレストまでの間、あたしたちが何をしていたかというと……。

あたしは、はじめてチキチキに入って、イチオシのチキチキバーガーを頬張りながら、店内をじっくり観察した。

雛子はインターネット上に飛び交っているチキチキの噂を集めた。

操は友だちに「チキチキってどう思う？　よく行く？　なんで行かないの？」と聞

いて回った。

三者三様の報告を聞いて、三国さんが顔を輝かせた。

「まいったな。こっちが何も言ってないのに、リサーチしてきてくれたんだ」

リサーチ？

「調査のことだよ。今回のような仕事は、アイデア出しをする前に、問題点を洗い出すことが大事なんだ。そのための情報収集を自発的にやった君たちはすごいってこと」

「ほんと、私って、つくづく見る目あるわねえ」

健さんはあたしたちをほめ、三原さんはあたしたちに目をつけた自分をほめた。

三原さんにとっては、高校生コピーライター選手権が高校生ブレーンをスカウトするためのリサーチだったたってこと。

「で、リサーチで何かわかった？」

「それが、どこが問題なのか、よくわかんなくて。店はすいてるけど、明るい雰囲気で居心地いいし。味も悪くなくて、みんな残さず食べていたし」

あたしはチキチキにいい印象を持っていた。性格のいい友だちに「悪いところがあったら直すから」と言われて困っているような気分だった。

「メニューを見直すとか？　ベジタリアン向けのメニューをふやす、みたいな？」

あたしがぼそぼそと言うと、操が言った。

「摩湖、そのしゃべり方やめなって。ゴオが不自然に上がると、自信なさげに聞こえるんだけど」

ゴオ？

「語尾ね」と雛子に訂正されて、「ゴビ？　語尾下げてしゃべれ」と操が言い直した。

「だって、ほんとに自信ないもん。クラスの子の名前を山手線ゲームで一人ずつ挙げていったら、操は最初に出てくるタイプで、雛子も5番目以内には出てきて、最後まで忘れられてるのがあたしだと思うし」

「あー損な性格。摩湖は摩湖だって」と操。

「みんな同じじゃつまんないよね」と雛子。

「その通り」と三国さんが言い、「とくにブレストではね」と三原さんが続けて、健さんがうなずいた。

022　インサイト

「アタシはわかっちゃったんだよね。答えが」

自信まんまんの操に、期待の視線が集まった。

「チキチキにはイイ男がいない。以上」

あたしは思わず吹き出して、操の大胆だけどハズシた答えに安心した。良かった、操も答えを見つけていない。

「大マジなんだってば。なんでチキチキ行かないのって聞いたら、みんな言うわけ。チキチキはイケテナイって。バイトがイケテナイから客もイケテナイんだって。だから、逆をたどればいいと思うんだ。イイ男やかわいい女の子がバイトすれば、客のレベルも上がるって」

「どうやって集めるの？　ルックスのハードル上げて、時給も上げるとか？」

熱くなった操に水を差すような、あたしの発言。答えたのは操ではなく、雛子だった。

「ユニフォームを変えるの」

今度はみんながハテナの目で雛子を見た。

「チキチキ」でネット検索をかけた雛子は、「ユニフォームがダサすぎるからバイトやめたい」という書き込みを見つけたという。

チキチキのユニフォームは、アメリカと同じモスグリーンの上下。男はピチピチのパンツで女は中途半端な長さのタイトスカート。ひと昔前の役所の制服みたい。

試しに雛子が「チキチキ　ユニフォーム」で再検索してみたところ、不満、悪口のオンパレードだったそう。

「あれを着ると、どんなかわいこもブサイコになるって」

「なるほど。ユニフォームがブレーキかあ。雛子の説は乗る価値ありかもしれないぞ」

　黙って聞いていた三国さんが口を開いた。

「あのユニフォームを着たいって気持ちは、立派な志望動機になるんだよな」

　三国さんが持ち出したのは、私立高校の制服の事例だった。人気校になるために制服を見直すのが一時期ブームになった。有名デザイナーを起用し、ティーンに受けるデザインに変えたら、偏差値が上がった学校もあった。おかげで、あっという間に東京の私学の制服はオシャレになった。

「いい男がいないという操の発見には、インサイトがあるわね」

　インサイト？

　三原さんのカタカナ用語を健さんがすかさず解説する。

「インサイトは直訳すると、洞察ってこと。消費者の意識の深いところっていうか、本音の部分。そこをつかまえるのがマーケティングの基本なんだ」

「じゃ、あとはファッションリーダーの3人のセンスにまかせるとしますか」

　三原さんがそう言い、戦略企画室の大人たちは聞き役に回った。

「『大地のおいしさをホームメイドで』がモットーなんだって」

これは雛子がチキチキのオフィシャルサイトで仕入れた情報。

「だから、色はナチュラルなアースカラー系がいいかな」

「カントリー風の店内にも合うかもね」

あたしはウッディな壁とテーブルを思い浮かべた。

「男も女もおそろいにしちゃえば？」と操。

たとえば、オーバーオール。かわいくて、動きやすくて、サイズの調整もラク。

「中に着るシャツは、季節に合わせて変えたらどう？ハロウィンだったりクリスマスだったり」

「季節限定、いいね。デザインが良かったら売れるかも」

あたしの提案に雛子が乗った。

「人気アーティストとかイラストレーターに描いてもらって、限定販売してもいいよね」とあたし。

「だったら、デザインを見せたいね。シャツを出したほうがいいかも」

「じゃあオーバーオールじゃなくてジーンズかな。ちょっと操、聞いてる？」

静かになった操を見ると、夢中で紙にペンを走らせていた。

「田舎くさくしないでカントリーっぽさはあるけどオシャレって難しいよね」なんてブツブツ言いながら。

何やってんのとのぞき込んだあたしは、「！」となった。

びっくりしたのは、あたしだけじゃない。雛子も、三国さんも、三原さんも、健さんも、操が絵を描くなんて知らなかった。

操が描いたデザイン画には、見る人を引きつける力があった。きれいな絵なら上には上があるけれど、テクニックというよりパワーを感じる絵だ。何より、あたしたちの「こんなユニフォームにしたい」という思いをちゃんと表現していた。

「チキチキらしさと、今っぽいニオイが出てるよね」

健さんが拍手した。

「このデザインが採用されたら、チキチキでバイトする！」

半分本気で言う操に、

「それより、うちのクリエイティブでイラストレーターのバイトできるわね」

三原さんが真顔で言った。

「操の絵、このままクライアントに持って行こうかな」

「えーっ!? だったらきれいに描き直すよ！」

操は焦りまくったけれど、聞き入れられなかった。思いついたときのシズル感が大事なんだって。

シズル感というのは、健さんによると、「勢いとか熱とか、できたてほやほやの臨場感みたいなもの」のこと。清涼飲料のシュワーッという泡や焼きたてピザのチーズがジュワーッと溶ける感じを表現する言葉なんだそう。

ユニフォームからイメージアップを図るというMエージェンシーの提案は、チキチキの宣伝部に大受けだった。

季節ごとにトップスのデザインを変えるアイデアも面白がってもらえた。ただ、毎回有名なクリエイターを起用するには予算が足りない。そこで、公募でデザインを募ることになった。

ギャラは弾めないけれど、全国にあるチキチキのお店が作品のショールームになる。まだ名前は売れていないけれど才能のあるクリエイターが応募してくれたら、お互いにハッピー。

「アメリカ本社のゴーサインと追加予算が出れば、すぐにでも実行に移したい」と担当者レベルでは大いに乗り気らしい。

THÉMEの等身大ミラーはデザインが決まり、試作品が上がってきた。普通こういう懸賞の賞品には会社の名前が入っているものだけど、

「『サクラ飲料』って入っていると、恥ずかしいからイヤ！」というあたしたちの強い意見が通って、会社名はミラーから外されることになった。

「今まで俺たちがどんなに口酸っぱく言っても、クライアントは聞く耳持たなかったんだけどね。ターゲットである君たちが言うことは聞くんだなあ」

三国さんがしみじみと語ったのが印象的だった。

project 03　チョコ

031 プロモーション

ふわーあ。押し殺していたあくびが、ついに出てしまった。

あたしは慌てて右手で口を押さえ、まわりをちらっと見た。

誰も見ていませんように。

「摩湖、眠いのか？」

天井をにらんでいた三国さんが、そのままの姿勢で声をかけてきた。

どうして上を向いた状態で、あたしのあくびが見えたんだろ。

「いえ、眠くなんかないです」

あたしはテーブルの真ん中に積み上げたA4コピー用紙を1枚取り、「『テイク・ア・チョコ』バカ売れ作戦」と書いた。

それから、ため息をひとつ、ついた。


7月の第1水曜日、午後7時を過ぎたところ。5時に戦略企画室に入ったとき、外はまだ明るかった。

3回目のブレストの課題は、グレコ製菓から10月1日に新発売されるチョコレート

『テイク・ア・チョコ』を爆発的にヒットさせるプロモーション・キャンペーン。

ＴＨÉＭＥのときはプレゼント・キャンペーンだったけど、今回はプレゼントと連動させた「売れる仕掛け」を提案することになっている。

「イメージ・キャラクターには、クライアントの指名でＴＡＫＥ《タケ》を使うことが決まっている。テイクとも読めるからね。彼をからめて面白いことできないかな」

三国さんから説明を受けて、あたしたちは色めきたった。

ヒットチャートのトップ３を独占してしまうＴＡＫＥ。作詞作曲プロデュースすべてをひとりでやってしまう22才。血が沸騰しそうなアップビートから涙が止まらないバラードまで、どんな歌にも魔法の磁力をまとわせてしまう銀色の声の持ち主。女性ファンが圧倒的に多いけど、カラオケではカッコつけたい男の子が競いあって歌っている。

めったにＣＤなんか買わないあたしも、ＴＡＫＥのアルバムだけは１枚持っている。

「ＴＡＫＥなら何やっても話題になると思うよ。コンサート無料招待とか」

「ＴＡＫＥのサイン入りグッズをプレゼント」

「ＴＡＫＥの自筆の楽譜、欲しい」

「ＴＡＫＥが吹き込んだ子守歌。あ、興奮して、眠れないか」

「ＴＡＫＥとのツーショット撮ってもらえるってのは？　有名カメラマンに」

「TAKEに自分のための曲を作ってもらえたらサイコー」

あたしたちは口々に、思いつく限りのネタを出しあった。

三国さんと三原さんと健さんは「なるほど」「そうねえ」「ははあ」とあいづちを打つ以外は口をはさまなかった。

1時間ほどで、ホワイトボードはアイデアで埋め尽くされた。

「使えそうなもの、ありますか？」

雛子が心配そうに三国さんの顔を見た。

「これだけありゃあ、あるよ」

自信たっぷりに操が言った。

「うーん。数はあるんだけどね」

三国さんが、腕を組んだまま、うなった。

「勝てるアイデアが、ないなぁ」

勝てるアイデア？

「言ってなかったよね。これ、コンペなんだ」と健さん。

「コンパ？」と操に聞かれて、「コ・ン・ペ」と訂正する。

外資系のせいなのか、Mエージェンシーの人たちの言葉はカタカナだらけ。得意先はクライアント、消費者はコンシューマー。制作はクリエイティブで、戦略はストラテジー。

戦略企画室は、実は「ストラテジー・プランニング・ディビジョン」と言うのだけど、さすがに長すぎるので日本語になっている。

オススメ案はレコメンデーションで、代案はオルタナティブ。略してレコメン、オルタナ。

「このアプローチはクライアントからのギブンなの」なんて飛び交う日本語がほぼ英語だったりする。

「ギブンというのはGIVEN、与えられたって意味。つまり、それありきってこと」

通訳するのは、健さんの役。

「受け身だから過去分詞なのね」

ついていけているのは雛子だけで、

「やっべー。英語の成績上がりそー」

操とあたしは目を回している。

コンペとは、コンペティションつまり競合プレゼンのことだった。

「いくつかの広告代理店の中で、いちばんいいアイデアを出したとこが指名される仕組みだから、うちがやるとは決まってないんだよ」

健さんの説明はわかりやすくて、すっと意味が頭に入ってくる。こんな先生が学校にいたらいいのに。

「今回は3社コンペ。広告業界最大手と2位と、うんと飛んでMエージェンシー」と三原さんが言うと、

「ゴジラ対モスラ対仮面ライダーって感じですね」と健さん。

「何そのたとえ?」と三原さんに突っ込まれて、

「会社のサイズ的に」

Mエージェンシーがダントツに弱小ってことらしい。

「大手は儲けを度外視してディスカウントしてくる。見積もりだけで比べられたら、うちは圧倒的に不利だ」

三国さんが「圧倒的に」に力を込めて言った。

話題になるキャンペーンを手がけることは、広告代理店の宣伝にもなるから、どこも赤字ギリギリの見積もりを出してくる。コミッションと呼ばれる手数料のパーセンテージを下げたり、メディアをオマケしたり。テレビCMを何本無料で打ちましょうとか、雑誌広告を何誌分タダにしましょうとか、それだけで何百万、何千万円分のサービスになる。

「うちはアイデアで勝負ですから」

三原さんが自分に言い聞かせるように言ってから、あたしたちを見た。

「だから、誰も考えつかないような飛び抜けたやつが必要なの」

「君たちが出してくれたアイデアは、すでにうちの社内でも出ているんだ」

健さんがつけ加えた。

「それなら早く言ってくれればいいのに」

ちょっとムッとして、あたし。どーっと疲れが押し寄せた。

「摩湖ちゃん。気休めかもしれないけど、アイデアは100案過ぎてからって言葉があるんだよ。もう出ないと思った後に絞り続けると、思いがけなくいいものが出たりするんだ」

健さん、あたしたちマヨネーズじゃないんだから。

「あーあ。チョコより先に脳みそが溶けちゃうよ」

やけくそになった操に、健さんが両手を合わせた。

「ね、も少し頑張ってよ」

高くつくよ、と操がウィンクを返して、空気が少しやさしくなった。

032 ブレイクスルー

「ようし。じゃあ特別にテイク・ア・チョコを食べていいぞ」

三国さんが冷蔵庫から小さな銀色の包みを取り出してきた。

「コンペに参加する1社につき1個、クライアントから頂いた貴重なサンプルだ。日本で最初に食べる高校生だぞ」

「そんなの、悪いですよ」

「アタシは別に……」

「わたしも大丈夫です」

あたしたちなりに遠慮したのだけど、言葉に説得力がなかった。頭を使いすぎたせいか、甘いものが無性に食べたい。しかも、誰も知らない未知の味。誘惑に勝てっこない。期待で瞳がうるうるしてくる。

「これで君たちの頭が高速回転してアイデアが出るなら、お安いものさ」

三国さんはそう言って、3つに分けたチョコレートをあたしたちの手に乗っけていった。

「健さん、一緒に食べてよ」

操が自分のを半分に割って、片方を健さんに差し出した。

それを見た雛子が、三国さんと半分こ。残ったあたしは三原さんと分けた。

操が言い出さなかったら、きっと独り占めしていた。あたしって、気がきかないんだから。

テイク・ア・チョコは、ひと口で消えた。生クリームがたっぷり入ってリッチなのに、びっくりするくらい口どけがいい。一瞬、チョコが溶けているのか口の中が溶けているのか、わからなくなるほど。押し寄せるおいしさに、表情筋がだらーんと緩んでしまう。中毒になりそうな、うっとり味。

「やる気、出た？」

三原さんが、あたしにウィンクした。食べ物で釣られる性格が、すっかり見破られている。雛子と操もやるぞーという顔。健さんが眠気覚ましにコーヒーを入れてくれ、アイデア出しを再開した。

「テイク・ア・チョコそっくりなベッドを作るんです。マットレスがチョコレートで、かけ布団が包み紙で。もちろんＴＡＫＥのサイン入り」とあたし。

「ＴＡＫＥが配達してくれたら、うれしこ」と雛子。

「面白いね。その調子で出してよ」

三国さんに乗せられて操が、

「誕生日にTAKEが来てくれるってのは、どう？」

「ハッピー・バースデー歌ってくれるの？　うれしこ」

「テイク・ア・チョコを1年分持って」とあたし。

調子が出てきたところで、三国さんが口をはさんだ。

「でも、超売れっ子だからな。当選者1名の誕生日だってスケジュール調整が大変だぞ。まして千名単位になると不可能だな」

一気に話はしぼんでしまう。

「生身のTAKEに会えるのは、確かに目玉になるね。ただし、彼を拘束できるのは長くて1日と考えて。その制約の中で何をやれば、いちばん応募したくなる？」

三原さんの助け船に励まされて、また考え直す。

「TAKEと行くディズニーランド」とあたしが言うと、

「他のお客さんもいるし、貸し切りにしないとムリじゃない？」と操。

「じゃあ温泉の旅は？」

「お風呂は別々だよね。TAKEは男湯だし」

「うーん。チョコレートっぽくないかも」

雛子が言うと、

「そう、いいとこに気づいたね。商品への着地も大切だ。テイク・ア・チョコにちゃんと結びつく企画は強い」

　三国さんがホワイトボードに進み出て、勢いのある字で書きつけた。
●テイク・ア・チョコだからできること
●TAKEだからできること
●Mエージェンシーだからできること

「この3つがクリアできたら、コンペに勝てる」

　ホワイトボードをコツコツたたきながら三国さんが言ったのが、6時半。

　目標がはっきりしたところで、あたしたちは行き詰まってしまった。

　そして、誰かの腕時計の短い電子音が7時を知らせ、あたしの大あくびが出た。だけど、テイク・ア・チョコをバカ売れさせるアイデアは出てこない。

「今日はもう無理かな。もし後で思いついたら、連絡してもらおっか」

　三原さんが腰を上げかけたそのとき、死んだようにテーブルに突っ伏していた雛子が顔を上げ、口を開いた。

「ウィーウィーウォーウァ　チョコレート　ファクトリー」と聞こえた。

「雛子、なに寝言いってんの？」

「寝言じゃないよ、摩湖。『Willy Wonka & the Chocolate Factory』って知らない？」

あたしは首を振った。みんなも、さぁと顔を見合わせた。

「小学生の頃に観たアメリカの古い映画なんだけど、あるチョコレート会社が、当たりのチョコを5つだけ作るの。当たった人は、誰も入ったことがない秘密の工場を見学できるの。それで、みんな夢中になってチョコを買うの」

どこかで聞いたことある話だなと思った。

「同じことをテイク・ア・チョコでやったら面白くない？　TAKEが当選者をチョコレート工場に招待するの」

その言葉を聞いて、あたしは思い出した。

「それ、『夢のチョコレート工場』だよ！」

思わず叫んでいた。小学生の頃、近所のお姉さんの家にあった絵本。工場の中に隠された秘密にドキドキしながら、何度も読み返したっけ。

「映画になってたなんて、知らなかった！」

あたしは立ち上がって、雛子の手を握った。同じ頃に別々の形で、雛子とあたしは同じ物語に夢中になっていたんだ。

「ね、TAKEとチョコレート工場見学って、いいと思わない？」

雛子は感激で目をうるませながらも、仕事を忘れていない。

「いい！　夢があって。甘くて。それやろう！」

あたしは、握った雛子の手をぶんぶん振り回して言った。

「どうですか、三国さん？」

見回すと、大人たちと操は圧倒されて、ぽかんとしていた。

「工場ならセキュリティ対策もしやすいな」と三国さんが三原さんを見た。

「そうですね。ウラドリしないことには何とも言えませんが」

ウラドリ？

「TAKEのスケジュールを押さえられるか、グレコ製菓のチョコレート工場がどういう形で見学できるか、お金はどのくらいかかるか、いろいろ調べて、実現できるっていう裏付けを取るんだ。アイデア倒れにならないようにね」

にっこり笑った健さんは、大きなテディベアのぬいぐるみに見えた。

033

コンフィデンシャル

4回目のブレストで、健さんからテイク・ア・チョコの経過報告があった。

「TAKEの所属事務所に問い合わせたところ、チョコレート工場ツアーに乗り気でね。あちらからバレンタインデーにやりませんかと言ってきた」

あたしと雛子は、悲鳴を上げて抱き合った。間接的だけど、ＴＡＫＥに話が通じた、気持ちが届いた。フツーの高校生が考えたことを、スターが面白がってくれた。

「それで早速バレンタインデーのＴＡＫＥのスケジュールを仮押えさせてもらった。グレコ製菓の工場にも当日の裏を取ってある」

ドクンとあたしの心臓が鳴った。

「しかも、ＴＡＫＥはＣＭタイアップ曲のタイトルを『チョコレート・ファクトリー』にする考えもあると言うんだ。『夢のチョコレート工場』の話を聞いたら、イマジネーションが刺激されたらしいよ」

雛子があたしを見た。うるんだ目が、よかったねと訴えている。

「以上の事情も合わせて、『バレンタインデー・ウィズＴＡＫＥ』キャンペーンをクライアントにプレゼンしてきた」

健さんがプレゼンに使ったテレビＣＭのストーリーボードの控えのプリントアウトを見せてくれた。

縦のＡ３用紙の中央にイラストが８カット並んでいて、イラストの左側に「チョコレートの海」「ＴＡＫＥのクローズアップ」といったト書き、右側にナレーションが入っている。

「コングラッチュレーション？」

右上の目立つ位置に押されたCONFIDENTIALのスタンプを操が読み上げた。

「コンフィデンシャル」と雛子に訂正されて、

「どういう意味？」

「秘密」

「教えてくれたっていいじゃん」

「だから、社外秘って意味だってば」

雛子が困ったように言って、やっと操は納得した。

「コングラッチュレーションになるといいね。早ければ7月中に返事が来るよ」

健さんがさりげなく操をフォローして言った。


この日のブレストは、Mエージェンシーの他の部署が開発しているキャンペーンについて意見や感想を言うというものだった。

テレビCMのストーリーボードを見て、どのバージョンがいいと思うか、候補のタレントは誰が好きか、他にどんなタレントが合っているか、などなど。

「人の考えたものに好き勝手言うだけってラク～」

操の言う通り。

脳みそに嵐を起こすいつものブレストよりずっと気楽。そよ風レベル。

いつもと同じバイト代だと申し訳ないくらい。

「プレゼンするときに、現役高校生にもヒアリングしましたって言うと、説得力があるんだ」

健さんが言い、三原さんが続ける。

「それに、社内にも高校生ブレーンの存在をアピールできるしね」

高校生ブレーンを採用しようと言い出したのは、三原さんらしい。だから、人一倍思い入れがあるみたい。

「そういや、こないだMエージェンシーの帰り、変な人に声かけられたよ」

戦略企画室を出るとき、操が思い出したように言った。

「サラリーマン風の人で、お茶しないって誘ってきたから、ナンパかなと思ったんだけど、あのビルで何してきたのってしつこく聞いてきて」

「それ、スパイじゃないの？」とあたし。

ライバルの広告代理店の情報を探る動きがあったって、おかしくない。こっそり忍び込んで書類を盗んだりゴミ箱を漁ったり、なんて探偵みたいな真似は、映画やドラマの中だけの話じゃないらしい。

清掃員のフリをしてライバル社に入り込んだデザイナーがいたけど、集めたゴミをきれいにレイアウトしていたので正体がバレたなんて嘘のような本当の話も聞く。

「アタシもそう思って、シュピギムがありますからって冷たく突き放してやったの」

シュピギム？

「ほら、はじめてここ来たとき、書類にサインしたじゃない？　戦略企画室で話し合ったことについては、誰にも言いません、秘密を守りますって」

「それは、守秘《しゅひ》義務」

三原さんが吹き出した。

「だって、便秘のピでしょ？」

「秘密のヒだよ」

健さんも苦笑い。

「でも、口は割らなかったんだから、ほめてよ」

操がムキになると、三国さんが真面目くさって言った。

「いや、目的は操自身かもしれないぞ。活躍目覚ましい高校生ブレーンは脅威だからな、本人を偵察に来たんじゃないかな」

「どんな頭のいい子かと思ったら、シュピギムだもんねぇ。国語能力の低さはコンフイデンシャルにしといてね」

三原さんの毒舌から逃げるように、あたしたちは部屋を出た。

「スパイに気をつけて帰ってよ」

健さんが心配そうに見送った。

project 04　ケータイ

041

ローンチ

夏休み最初の水曜日。5回目のブレストはアサイチに始めることになった。アサイチはMエージェンシーの始業時間の午前9時半で、ゴゴイチはランチが終わった午後1時のこと。

Mエージェンシーのビルの前で一緒になったあたしと操と雛子は、はじめて見るお互いの私服チェックで盛り上がった。コピーライター選手権の受賞パーティのときから制服姿しか見たことがなかったから。

操はノースリーブのシャツに超ショートのジーンズで肌の9割ぐらいが出ていた。雛子はシンプルな無地のワンピース。2人とも素材がいいから何を着ても似合う。気合いを入れておしゃれしてきたあたしは、素材に自信がない証拠。

それでも操と雛子に、「摩湖センスいいよ」「レース重ねるのかわいこ」なんてほめられて、ちょっといい気になった。

ふと時計を見たら9時半を回っていた。エントランスに駆け込んで、戦略企画室へダッシュしたけど、

「10分遅刻」

三原さんにピシャリと言われた。

「バイト代から引いちゃってください」と操が言うと、

「待たせた10分返して」と三原さん。

「私たちの10分はお小遣いじゃ買えないの。約束の時間を守るのは最低限のマナー。待たせるなら電話する」

あたしたちは小さくなって「すみません」と頭を下げた。

「ドンマイ」と健さんは言葉に出さずに顔で言った。

「かといって君たちの仕事は、いればいいってもんじゃない。アイデアが出なきゃ意味がない。ブレーンってのは頭脳なんだからね」と三国さん。

「返すんだったら、アイデアで返して」と三原さんが言った。

「では早速、今日の課題」

三国さんが愛用のジュラルミン製バッグを丸テーブルの上に置いた。あたしたちが見つめる中、ゆっくりとふたを開ける。何か重要な企業秘密が隠されている予感。

三国さんが取り出した「それ」は、片手にすっぽり収まる大きさだった。

「なーんだ、ケータイじゃん。しかも三国さんの私物だし」

操が肩すかしを食らった顔で言う。

「相手の気を引くのもプレゼンテーションのテクニックだからね。お題は、ずばり、ケータイだ」

三国さんはケータイを掲げた自由の女神のような姿勢で、あたしたちを見回した。

「ユーロフォンというイギリスの携帯電話会社が日本でのローンチを考えている」

「ローンチというのは立ち上げ、つまり日本市場に参入するってこと」

あたしたちの教育係、健さんが補足して、

「ターゲットは君たち高校生だ」と三国さんが続けた。

20代、30代をつかまえるより、10代をつかまえておくほうが、のちのちビジネスチャンスが拓けるという戦略らしい。

「ケータイはカメラになった。テレビになった。ゲームもできる。さあ、次の使い道を考えてみよう」

「つまり、新しい機能を考えればいいんですね」と雛子。

「今ある機能を使って、ケータイは、こんなことができる、という新しい遊び方でもいいよ」

「まかせてよ。ケータイはアタシの一部だからね」

操が身を乗り出した。

「ケータイで何ができたら楽しいかなあ」

雛子は自分のケータイをいじりながら、早くも頭を回転させていた。

あたしは椅子に背中をはりつけたままだった。なんとなく気後れしていた。あたしは、ケータイを持っていないから。

非行は携帯電話から始まるとママとパパは固く信じている。もしそうだとしたら、日本中不良だらけだと思うんだけど。ケータイを持たせてもらえなくてグレちゃうケースもあると思うんだけど。

缶紅茶やファストフードやチョコならわかるけど、ケータイはあたしにとっては遠い商品。自分が使わないものの使い道を考えるのって難しい。

こんなときは、雑誌発想法の出番。

雑誌発想法は、Mエージェンシーの新人コピーライター、有馬まりあさんに教わった。

コピーライター選手権の受賞パーティで知り合ったまりあさんは、札幌の大学を出て、今年クリエイティブに配属されたばかり。ファッション誌の読者モデルが集結したような美人社員集団に気おされていたあたしは、小柄で童顔のまりあさんを見て、失礼ながら、バラ園に間違って咲いているタンポポの仲間を見つけたみたいにほっとした。

上から読んでも下から読んでも、ありま・まりあ。

もらった名刺を見た瞬間、そのことに気づいたものの、口にしていいのかどうかた

めらっていると、

「ふざけた名前でしょ」

まりあさんの、化粧っ気のない丸い顔がほころんだ。

生まれた年の有馬家の年賀状には「上から読んでも下から読んでも、ありま・まりあ」と印刷されていたというから、まりあさんの両親は確信犯だ。

「子どもの頃は男の子たちにからかわれて、親を恨んだけど、おかげでこうやってコピーライターになれたしね」

上から読んでも下から読んでも同じキツツキや子ネコが他人とは思えなかったまりあさんは、物心ついたときから「さかさま言葉」を集めていた。そのコレクションは少しずつ高度になり、まりあさんは言葉遊びの面白さに目覚めていった。

「摩湖ちゃんぐらいの年の頃には、こんなの作ったな。『ママが留守　隙にキス　するがまま』」

まりあさんは言葉の引き出しをどんどんふやして、言葉を仕事にする人になった。

「将来どんな職業につくとしても、引き出しをいっぱい持っておくと、役に立つよ」

そう言ってすすめてくれたトレーニング法が雑誌発想法だった。

「上司のクリエイティブ・ディレクターに教わったんだけどね。雑誌をぱらぱらとめくって、適当に開いたページに商品を置いてみるの」

化粧水のボトル。ドリンクの缶。お菓子のパッケージ。クルマみたいに商品が大きい場合は実物のかわりに写真を置く。

砂漠に化粧水という組み合わせは究極のうるおい補給表現になると気づいたり、空飛ぶガムを見て、スッキリ感をユーモラスに見せる手法を思いついたり、ケーキと車のツーショットは意外だけど絵になると発見したり。

「ガムに羽が生えたり、車をデザート皿に盛りつけたり、頭の中だけでは思いつかない発想が飛び出すんだ」

まりあさんは実際この方法で毎日コピーの切り口を考えているのだそう。

あたしもいつかやってみようと思っていたけど、どうやら今がそのときみたい。

あたしは三国さんのケータイを借り、資料がびっしり並んだ備えつけのキャビネットからファッション誌を1冊取り出すと、開いたページにのっけてみた。

動物園とケータイ。

「檻の中から助けを呼ぶ」

ちょっと、違うか。

次のページ。南の島とケータイ。

「無人島で助けを呼ぶ」

「なんで、助けを呼んでばっかなの？」

操が吹き出した。

「そっか、摩湖ちゃん、ケータイ持ってなかったんだっけ」

雛子が、あたしのピントが外れている理由に思い当たった。

「なあんだ。どうも今日の摩湖は借り物みたいだと思った」

三原さんが立ち上がり、キャビネットの下段の引き出しを探った。

「こないだ別プロジェクト用に買ったのが、ちょうど1台余ってた」

そう言って新品のケータイと取扱説明書を、

「宿題」

と差し出した。

042 インスピレーション

教科書も参考書も10分で飽きてしまうあたしに、こんなに根気があったなんて。

家に帰ったあたしは、持ち帰ったケータイと取扱説明書を相手に格闘していた。厚さ2センチ、英語びっしり、わからない単語だらけ。だけど、操や雛子に追いつきたくて、必死で辞書をめくった。

今のままじゃ、ブレストのリングに上がれない。指くわえて見ているだけなんて、イヤだ。

「残業代は支払えないんだけど」

健さんは宿題に同情してくれたけど、あたしは三原さんにチャンスをもらったと思っていた。

引き出しをふやしていくことで、インスピレーションは働きやすくなる。天才じゃないあたしにも、チャンスはある。

「おい、摩湖、なんでケータイ持ってんだよ」

びくっと振り向くと、弟の稔だった。

「勝手に部屋入ってこないでよ」

「質問に答えろよ。なんでお前だけケータイ持ってんだよ」

稔は中学1年生のくせに態度がでかい。姉を呼び捨てにした上に、お前呼ばわりだ。

「ママには内緒だからね」

高校生ブレーンのことは、まだ親には言っていない。まだバレてもいないはず。

「じゃあ見せてくれよ」

稔はあたしの手からケータイを奪うと、機能ボタンをいじりはじめた。

「壊しちゃダメだよ。借りてるんだから」

「誰に？」

「秘密」

「男だろ？」

「うるさいよ」

バカなことを言っている間も稔の指は器用に動いて、パシャッとあたしを撮った。

「怒ると、デカい鼻の頭にシワ寄るぞ。ほら」

「やだ。消してよ」

「『怒った摩湖』と。保存完了」

どこで覚えたのか、画像に名前までつけてしまった。

「ちょっとー、これ、どうやって消すのよ？」

「デカい声出すと、飛んでくるぜ、もっとうるさいのが」

稔がママのいるキッチンのほうへあごを向けた。あたしの弱みを完全に握っている。

「お、これ、バーコード読めるんだ」

「知ってるよ。名刺にバーコード入れとくと、名前とか電話番号とかメールアドレスとか入力する手間が省けるの」

今読んだ取扱説明書の受け売りだ。

「それだけできたって、つまんねーよ」

稔がポケットから取り出したのは、ケータイぐらいの大きさでスポーツウォッチのようなゴツゴツした見た目のものだった。小さな液晶画面と上下左右のコントローラーボタンがついている。

「何よそれ？」

「バーコーダー」

それがこの黒い物体の名前らしい。

「バーコードついてる物ない？」

稔が部屋を見回し、勉強机の上のCDに目を留めた。

「へーえ。TAKEなんか聴いてるんだ」

半分バカにしたようなムカつく言い方をして、手にしたバーコーダーをTAKEのCDのバーコードに当てる。ピョインと機械音がして、画面に「$1」と出た。

「情けねー。天下のTAKE様が1ドルだってよ」

稔は続いて、CDの隣にあったスポンジのりにバーコーダーを当てた。

「お、これはけっこう強いな。1000ドルってことは日本円で10万か」

CDが1ドルでスポンジのりが10万円？

「摩湖にわかるかなー。これ、バーコード読み取って、変換するわけ。今はプライスモードにしてるから、値段に変えてくれるんだ」

ひとりでも遊べるし、値段の高いバーコードにヒットしたほうが勝ちという対戦型ゲームにもなる。出た値段を足し上げることもできるし、買い物ゲームの支払いに使ったり、アメリカ横断旅行ゲームの旅費にあてたり、といった遊び方もできる。

「俺に似て、頭いいんだ」

「なんであんたがこんなもの持ってんのよ」

「中間テストがクラスで1番だったからね」

さらっと言ってのけるのが、にくたらしい。こいつが下手に優秀なせいで、あたしの成績が悪いのは、遺伝子の問題ではなく努力が足りないからということにされている。弟にできるんだから、お姉ちゃんも頑張りなさいとママとパパはプレッシャーをかけてくる。なんて迷惑。

理数系に強い稔は、円周率みたいな何桁も並んだ数字を見るのが大好きらしい。ひと桁でも少ないほうがうれしいあたしには、理解できない。数字の羅列で遊べるバーコーダーは、稔のために生まれたようなおもちゃだ。

「占いモードやサッカーモード、野球モードもあるんだぜ」

占いモードは、バーコードで性格占いや運勢占いができる。気に入った結果が出るまで、手当たり次第バーコードをピッピッしてしまう。サッカーモードや野球モードは、読み込んだバーコードによって、ボールの位置が移っていき、試合が進行する。

「エサはないかな」

あたしはペットを育てる育成モードにして、部屋中のバーコードを探し回った。雑誌、参考書、財布の中にあるレシートや会員証、意外なところにバーコードはひそんでいる。それが全部おもちゃになる。

「郵便物にもバーコードがついているんだぜ」

見えないインクで宛名面に印刷されたバーコードが郵便物の仕分けをスピーディにしているなんて知らなかった。残念ながらバーコーダーでは読み取れない。

「そろそろ返してくれよ」

「もうちょっとだけ」

「ケータイでやればいいじゃん」

「ケータイではそこまでできないの！」

言い返して、ハッとした。そこまでできなければ、そこまでやればいい。読み取ったバーコードを金額や運勢に変換するソフトを埋め込めば、ケータイでバーコードゲームができる。

「なんだよ摩湖。ニヤニヤして気持ち悪ぃな」

「稔、えらい！　さすがあたしの弟！」

ぽかんとしている稔を力いっぱい抱きしめた。

「ぎえー。やめてくれよー」

稔は、ようやく中学１年生の男の子らしい態度になった。

043　オピニオンリーダー

「摩湖、いいアイデアありそうじゃないの」

仕切り直しのブレストに現れたあたしを見るなり、三原さんが言った。

あたしの顔は、嘘をつけない。

「今、別のミーティングが長引いているから、３人でまとめといてもらえる?」

三原さんは部屋を出てしまった。三国さんの姿は最初からなくて、三原さんに続いて部屋を出ようとした健さんが、

「聞きたいことがあったら、遠慮なく電話してよ」と走り書きのメモをくれた。

《三国８７５《ハナコ》　三原８７１《ハナハジメ》　高倉８７７《バナナ》》

３人の内線番号に語呂合わせのルビが振ってある。

「ハナハジメってコメディアンなんだ?」と操がケータイで検索しながら言う。

「昭和５年生まれだって。三原さんの趣味って渋いよね」

「ハナコって、三国さんの奥さんの名前なの」と雛子。

「こないだ一緒に帰ったとき、言ってた。社内恋愛だって」

三国さんと雛子は小田急線沿線に住んでいる。雛子によると、三国さんは昔Mエージェンシーで通訳をしていたハナコさんと10年前に結婚して、小学3年生の娘さんと幼稚園年長組の息子さんがいるらしい。

「結婚してるのは、三国さんだけか」と操。

「三原さんは？」と雛子が聞くと、

「バツイチって噂だけど。健さんに探りを入れたら、三原さんはチュートだからよくわかんないって、はぐらかされたよ」

芸能人の噂をするような口ぶりで答える。

「チュートって中退？　それとバツイチと関係あるのかな」とあたし。

「中途入社ってことじゃない？　だから入社前のことがわからないとか……」

雛子の言葉に、操とあたしは納得した。

「ま、あの人にバツイチって似合い過ぎるけど」

操がそう言ったとき、ドアが開いて、三原さんが入ってきた。

「あなたたち、私の噂してたでしょ？」

ギクッ、図星。ここの壁って、防音完璧じゃなかったっけ？

「ほんと、嘘つけないんだからかわいいよね。カマかけただけなのに」

あたしは笑おうとしたけど、頬がひきつってしまった。雛子と操も同じく。

「どうせバツイチネタでしょ？　あーら面白い。顔が正直に返事するんだ」

テーブルに差し入れのお菓子を置くと、三原さんはドアの向こうへ消える間際、

「正しくは2」と言い放った。

指で作った「2」がVサインに見えた。

「2回も別れてたんだ」

「2回結婚したってことだよね」

0か1かという話をしてたら、現実はその上を行っていた。

動揺する操とあたしをよそに、雛子が立ち上がり、ポットのお湯でダージリンを入れた。差し入れのクッキーとチョコをお皿に出して、うっとりと言う。

「トリュフチョコレートをくるんでいるクーヴェルチュールって、毛布って意味なの。ミルフィーユは千枚の葉っぱだし、ラングドシャは猫の舌だし、フランス人って、ほんとにおしゃれこ」

マイペース美少女の雛子は、自分は自分、他人は他人という態度を崩さない。嫉妬も焦りもライバル意識も超越している。

「さあ、ビシッとキメてやろうじゃないの」

ダージリンをひと口飲んだ操が勢いよく椅子から立ち上がった。いいアイデアを出して、三原さんにマイッタと言わせたいらしい。ホワイトボードの前で構える姿は、ウィンブルドンのセンターコートにいるみたいな気迫がある。

「ハートは熱くても、頭はクールに、ね。操ちゃん」

ドアに貼ってある《WARM HEART. COOL HEAD》とタイポグラフィーしたポスターを指差して、雛子が言った。目についた英語をさらっと自分の日本語に訳せる雛子は、ほんと、言葉の天才。

「わかってるって。さ、ジャンジャン出してよ」

マーカーを握り直した操と目が合った。

「摩湖、何か言いたくてウズウズしてない？」

「へへ、バレた？」

あたしは稔から借りてきたバーコーダーをテーブルの上に出した。しっかり者の稔は、レンタル料として1000円寄越せと言ってきた。将来が楽しみなような怖いような弟だ。

バーコーダーは、たちまち操と雛子を虜にした。

「何が飛び出すかわからないところが、たのしこ」

雛子はびっくり箱を開けるみたいに、読み取った結果にいちいち驚いている。

「でもさ、ここに入ってるの全部遊びつくしたら、飽きちゃうな」

「飽きっぽい操でも大丈夫。新しい変換ソフトをどんどん入れればいいの」

「そんなの、お金が続かないよ」

「専用のケータイサイトを作って、無料でダウンロードできるようにしたら？」

ネットに強い雛子が、あたしと操の議論に答えを出した。

雛子はパソコンとケータイからアクセスできる自分のサイトを持っている。タイトルは『雛祭り』。本の感想を集めた『雛たぼっこ』や雛子語を紹介する『雛ん訓練』といったコーナーがあって、ぶっとんだヒナコワールドを繰り広げている。

「ケータイを広めるためにケータイサイト使っても、広がらないんじゃないの？」

「操、人の意見にケチつけるだけじゃなくて、何かアイデアないの？」

あたしが食ってかかると、

「ごめん。ケチつけるつもりはなかったんだけど。なんかさ、これって口コミで火がつく気がするんだよねー」

操も操なりに考えているのだ。

「どの高校にもオニオンリーダーみたいな子っているじゃない？」

「操ちゃん、オピニオンリーダーのこと？」

「ああ、それ。その子たちにまず使い方を覚えてもらうとか。あとは自動的にその友だちに広まっていくわけ」

「操が東京中の高校のオピニオンリーダーと知り合いなら、うまくいくんじゃないの？」

今度は、あたしがケチをつける番。

「友だちの友だちをたどっていけば、かなりカバーできると思う」と操は本気。

「わたしも何人か知っているよ」と雛子も乗り気。

「摩湖ちゃん、3人で手分けして、できるだけたくさんの学校のオピニオンリーダーの子をリストアップしようよ」

雛子のけなげさに負けて、あたしも協力することにした。操が三原さんにムキになるみたいに、あたしも操を意識しすぎなのかもしれない。


2時間ほどして、三原さんが三国さんと健さんと一緒に戻ってきた。

「なるほど。バーコード読み取り機能をゲーム化するわけか」

三国さんは、バーコーダーを手にしても、やっぱりダンディだ。早速プライスモードにして自分の名刺の2次元バーコード（QRコード）を読み取ったところ、

「5000ドルか。悪くないね」

ところが、部下の三原さんの名刺のQRコードが10万ドルをマークしてしまった。

「こういうゲーム機が市販されているということは、技術的には十分可能なわけね」

10万ドル社員の三原さんは、すっかりその気。

「これでいけるかどうか、検証が必要だぞ」

三国さんは渋い顔。

「ケンショウ？ またプレゼントやんの？」と操が言うと、

「その懸賞じゃないよ。データ的な裏付けを取るってこと。たとえば、君たち以外の高校生の意見も聞くとかね」

健さんが説明する。数か月で終わるキャンペーンと違って、今回はメガブランドの日本上陸だから最初の見極めが肝心。

「ごねてるわけじゃないからね」

その言葉に、どっと笑いが起こった。健さんの名刺のQRコードは、まさかのマイナス5000ドルを記録してしまっていた。

044 グルイン

「このオピニオンリーダーってのは、すぐ集まるのかな？」

三国さんに聞かれて、操は「20人くらいなら」と軽く答えた。

「なるべく学校がバラけてるほうがいいな。雛子と摩湖も誰か紹介できる？」

「かしこまりこ」

「2、3人なら」

「いっそ、グルインやりますか？」

三原さんが三国さんの顔を見て、反応をうかがった。

グルイン？

あたしたちが聞く前に、健さんが説明した。

「グルインっていうのは、グループ・インタビューのこと。ターゲットになる消費者を集めて、じっくり意見を聞く調査方法なんだ」

「アタシたちもグルインに出るの？」

「いや、君たちが出したアイデアについてのインタビューだから、君たちにはオブザーバーになってもらう」

三国さんがそう言って、再び健さんの解説が入った。

「オブザーバーってのは、グルインを見ている人のこと」

グルインは8月の第1水曜日のゴゴイチからやることになった。

始まる前にMエージェンシーの裏にあるイタリアンの個室でお昼をごちそうになっ

た。受賞パーティでは立食だったから、戦略企画室の人たちと座って食事をするのは、はじめてだ。

健さんの作るカルボナーラが絶品という話になって、健さんがひとり暮らしで料理が趣味だということがわかった。

「彼女にも作ってあげてるの？」と操。

聞きにくいことをズバッと聞ける度胸と、それが許されるキャラがうらやましい。

「そういうのは、ないね」

「彼女いないんだ？」

「一緒に暮らしてる女の子はいるけど」

健さんの答えに、操もあたしも雛子も「ええっ」となったけど、

「犬だよ」と健さんがつけ加えて、脱力した。

「そう言う操はどうなの？」

三原さんに聞かれて、操は去年のクリスマスからつきあっていた彼氏と4月に別れたと白状した。

「で、彼とは、どこまで行ったの？」

三原さんが、いきなり核心を突いた。

「ご想像におまかせします」

操は大人びた口調で賢く逃げたのだけど、

「ミサオの操の問題か」

三国さんがオヤジギャグを飛ばした途端、取り乱した。

「やだ、やめてくださいよ！ アタシの名前って、マジで貞操の操なの。ママとパパはお互いが最初の相手で、そのときにできたのがアタシだから。あーもう恥ずかしくて死にそー」

そんなに恥ずかしいなら、言わなきゃいいのに。

「操だけじゃないよ。あたしの摩湖だって、摩周湖仕込みって意味だもん。新婚旅行が北海道だったの、うちの親」

あたしが名前の秘密をぶちまけると、今度は雛子が静かにフォークを置いた。

「まさか……雛子ちゃんの名前まで？」

健さんが聞くと、

「わたしのママ、子どもは卵で産むって信じていたんです」

雛子のお母さんは、ときどき空想と現実が混じってしまうらしい。雛子を出産した直後に、殻はどこですかと真顔で看護師さんに聞いたとか。

「さすが高校生ブレーンの親となると、それぞれユニークだなあ」と三国さん。

「アタシの親はフツーだってば」

「うちなんて、平凡すぎるくらい」

パパはお堅い電機メーカーの真面目な課長。マンションのローンをコツコツ払って、単身赴任先できちんと自炊している。ママは学歴コンプレックスがあって、九官鳥みたいに「いい大学」を繰り返す。まともすぎて肩がこる。

「雛子のトンでるママがうらやましぃな」

「それはそれで困りこ」

「雛子の空想癖はママ譲りなんだ。ブレストの最中に、ちょくちょくいなくなっちゃうもんね」

「三原さんって、何でも見えているんですね」

雛子が舌を出し、三原さんがウィンクを返した。

045　フラッシュアイデア

別々の高校に通う女の子6人が戦略企画室の隣にある会議室にそろい、ビデオカメラが回り始めた。

進行役は三原さん、書記は健さんが担当。あたしたち3人と三国さんは会議室には入らず、戦略企画室のビデオでモニターする。

それぞれの高校の人気者だけあって、友だちを作るのはお手のもの。三原さんが進行する前に勝手に自己紹介を済ませて、盛り上がっている。

「みんな、普段ケータイをどんな風に使っているの？」

モニターの中の三原さんが質問すると、

「カメラ。音楽プレーヤー。ゲーム機。地図。メモ帳。アドレス帳。よーするにアタシの頭がわり」

最初に発言したのは、多摩川学園の南海子。シャギーの入った金髪。左右合わせて7個のピアス。いかにも海で焼いてきましたという小麦色の肌。ひと目見て操の同類とわかる。

「街で気になる服とか小物とか見つけたら、メモがわりに写真撮ってます」

あたしの中学校時代からの親友、都立S高校の瑞穂が言う。売っている服はつまらないからと自分で作ってしまう器用な人。今日は古着の着物をリフォームして、百円ショップで見つけたフリルをあしらったワンピース。

「ケータイ小説を通学の間に読んでいます。毎朝配信されるんだけど、いつもいいところで終わってしまうの」

話し方に育ちのよさが感じられる成城寺高校の美月は、雛子の友だち。くるんと巻いたまつ毛の先が眉毛にくっつきそう。うるうるした三日月形の瞳もチャーミング。

「いちばん使うのは、彼氏との連絡かな」

そう言う環は、雛子の東京聖女学院の同級生。身長150センチ、体重40キロあるかないかなのに、存在感では他の子たちに全然負けていない。コンパクトな顔に大きな目と整った鼻と形のいい唇が完璧に配置されていて、身長が低いってことをのぞけば、あたしと大違い。

「アタシはバカなメール送りあうぐらいだなー。着メロとか画像とか、笑わせたもの勝ちって感じで」

渋谷女学園の成実が、自分で言ってウケてる。白く塗った厚めの唇と腰に届きそうなストレートの金髪が圧倒的。受験面接の待ち時間に操と意気投合して以来、ふたりで学園をリードしているらしい。

「おいしいお店を探すのに使います」

あたしのクラスメイトの冴子が言う「おいしいお店」は、ディナーが1万円するような高級レストランだったりする。北海道と沖縄に別荘があるお金持ちで、頭がよくて、おまけに「ミス都立T高校」と言われるルックス。ひとつぐらい、あたしに分けてほしい。

「ねえねえ、彼女モテモテでしょ」と操が聞いてきた。

「みたいだね」

目がやたら大きくて、耳が立っていて、びっくりしたような顔なんだけど、男の子にはそれがたまらないらしい。

「ひょっとして、摩湖、苦手？　普段はあまり交流ないとか？　あ、やっぱそうなんだ」

正直なあたしの顔は、黙っていても勝手におしゃべりしてくれる。

同じクラスになって4か月経つけど、冴子とは数えるほどしか口をきいたことがなかった。冴子は何でもできるし、誰にでもやさしいし、彼女を悪く言う人なんていない。失恋も失敗もすることないし、悩みなんかなさそうだし、映画のヒロインより彼女の人生はうまく回っている。

そういうところが、あたしは苦手だった。

「これ知ってる？」

三原さんがテーブルにバーコーダーを出した。売り切れ店続出で、5つ買うのが精一杯だった。あたしが弟の稔にレンタル料1000円を払って、何とかグルインに出る人数分そろえることができた。

「バーコードを読み取って遊べるおもちゃなんだけど……」

三原さんが説明する間に、健さんがＣＤや雑誌、ガムやチョコレートなどバーコードのついたものをテーブルに並べていった。

「これを読み取ればいいの？」

好奇心旺盛な瑞穂がバーコーダーを手に取り、目の前にあるガムのパッケージに近づけると、

「うわっ、対戦はじまっちゃった！」と稔みたいな無邪気な声を上げた。

瑞穂のバーコーダーは、バトルモードになっている様子。

成実と南海子は、そろってプライスモード。

「やったね、１００ドルゲット！」と成実が言えば、

「甘いね。アタシなんか、２５８ドル出したよ」と南海子がムキになる。

美月はペット育成モード。卵からかえって順調に育っていた恐竜は、

「えっ、なんで……⁉」

チョコレートのバーコードで、あっけなく死んでしまった。

その隣で環は細い首を傾げ、画面を読み上げている。

「ラッコってビミョー」

週刊誌のバーコードを動物占いモードで読み取った結果らしい。小動物的なかわいさのある環だけど、ラッコには不満みたい。

「別なバーコードでやってみたら?」

横から瑞穂に言われて、缶紅茶『THÉME』のバーコードを読み取った環は、

「わ、テナガザルだって」

「ラッコでやめといたほうが良かったかも」と瑞穂が言い、くすくす笑い合う。

バーコーダーを試す間、ひっきりなしに誰かがしゃべり、「そっちはどう?」という感じで、情報交換しながら楽しんでいる。

「これ、引いてみて。アタシの美容院のメンバーズカード」

いつの間にか成実は財布の中身を広げている。

「彼女、『引く』って言ったよね。バーコードを読んで運勢を占うからなあ。こうやって新しい言葉が生まれていくわけだ」

身を乗り出してモニターに見入っている三国さんが言った。

「こういうバーコードゲームがケータイについてたら、どう?」

三原さんが投げかけると、「ほしい!」とみんなの声がハモった。

「こんな風にわいわいやると、楽しいよね」

冴子と美月がうなずき合った。

「合コンなんかで使えそうだよね」

金色の枝毛を探しながら南海子が言う。

「外国の人とも、これなら一緒に遊べるよね」と瑞穂。

「そっかー。バーコードがコトバになるんだ」と環。

「これってバーコード読むまで何出るかわからないじゃん。バーコードだけ印刷したカード作って、遊べるよね」

「お、アイデア出しが始まったぞ」

成実の発言が、まだまた三国さんを喜ばせた。

「同じマークが出た人がカップルになるとか」

「さすが南海子。頭の中は男だらけ」

「それは成実でしょ」

「アタシは違うこと考えてたもん。抽選とかね」

なるほどと三国さんがひざを打った。

缶コーヒーなどについているシールのシリアルナンバーをケータイで入力して応募するというクローズド懸賞があるけれど、ナンバーがバーコードになっていたら、打ち込む手間が省ける。その場で当たりハズレがわかって、ついでにケータイ画面に当選賞品が出たら、究極のインスタントくじだ。

「レシートくじもできるね」と冴子。

他の子たちも刺激されて、思いついたことを口々に言っていく。

「パーティ会場のあちこちにバーコードがついていたら面白いよね」

「ドリンクのグラスとかコーヒーカップとか取り皿とか」

「チキンに巻いてる紙にもね」

「バーコード神経衰弱もできるよね」

「そのマークが賞品になっててもいいよね」

「ケータイを使って宝探しかー。楽しそう」

冴子の大きな目が、いっそう大きくなる。

「バーコードを使った推理ゲームはどう?」と美月。

友だちの雛子によると、美月は小説の中でもミステリーが好きなんだそう。バーコードに隠されたヒントを手がかりに謎解きをするのは、バーチャル推理小説みたいで受けるかもしれない。

「スパイ映画みたいで面白そう」と瑞穂。

「いっそ、このケータイが主役のイベントをやったら?」

冴子が提案した。

出会いあり、抽選あり、謎解きあり。バーコーダーつきケータイを使って、面白さを体験してもらう。イベントに参加した人が、口コミで遊び方を広めていく。

「雑誌にもバーコードちりばめてさ、同じようなことできるかも」

「誌上バーコードイベント？　それヒットだよ！」

弾みがついた雪だるまみたいに、アイデアがどんどん膨らんでいく。何人も同時にしゃべるから、健さんのメモが追いつかない。

「これ1台で、フツーの毎日が刺激的になりそう」

「名前、スパイスってどう？」

「さっき誰か、スパイって言ってなかった？」

「スパイのスペルわかる？」

「たしかエス・ピー・ワイ」

「じゃあエス・ピー・ワイ・シー・イーでＳＰＹＣＥ？」

「タイクツな毎日にＳＰＹＣＥ！」

勢いに乗って、ネーミングとキャッチコピーまでできてしまった。

「これ、現実にならないかなぁ」

興奮から少しさめた瑞穂が、ため息をついた。クーラーは効いているのに、頬が赤い。

あたしの隣では、三国さんがモニターに向かって、「最高だねぇ」と拍手していた。

「グルインのつもりがブレストになっちゃったね」

「さすがアタシたちの友だち」

雛子と操もうれしそう。
あたしだけが、ちょっと違った。ひとり、顔が笑っていなかった。
この子たちの考えること、面白い。面白すぎる。あたし、負けちゃう。
嫉妬と焦りと不安が、胸の奥で、こんがらがっていた。

project 05　シネマ

051　ペンディング

ユーロフォンの日本ローンチが延期になった。

「ロンドンの本社のほうで、もめているらしくてね。日本で展開するのはまだ早いとか、ターゲットを高校生に絞るのは狭すぎるとか。もう少し市場調査をしたいそうだ」

夏休みが明け、2学期最初のブレストで集まった9月の第2水曜日、三国さんに告げられた。

「アタシの高校生活が終わってから日本上陸しても、遅いよ」

『SPYCE』を流行らせる気まんまんだった操は、シルバーに塗った爪を唇に当てて、むくれた。

「それじゃあ、Mエージェンシーは赤字ですね」

雛子はビジネスのことを心配した。

「幸い、うちの持ち出しは最低限で済んだの」と三原さん。

あたしたち高校生ブレーンの謝礼が時給5000円×4時間×3人で6万円。グルインの謝礼と交通費が6人分で約4万円。グルイン用に買ったバーコーダーが5台で約5万円。

「ま、私たち3人の人件費を無視すれば、ざっくり15万てとこかな」

あたしは15万円なんて大金を持ったことないけれど、戦略企画室の人たちにとっては安上がりということらしい。

「でも、ユーロフォンに請求できないんですか？」

雛子が聞いた。

「実費として請求する方法もあるけど、その場合、作業内容を見せなきゃいけない。これだけのアイデアを15万円で手放すのはもったいないから、取っておくことにした。ケータイ会社は他にもあるからね」

三国さんの言葉をそのまま理解すると、もっと高く売れる価値があるってことらしい。

「先のことより、アタシは今を楽しみたいのっ」

ＳＰＹＣＥに未練たらたらの操は、まだすねていた。

「そんな顔しないで。いいもの見せてあげるからさ」

健さんがなだめて、テレビにＤＶＤをセットした。

「グレコ製菓　テイク・ア・チョコ　テレビＣＭ15秒　ローンチ前編」とテロップが映し出された。来週からオンエア予定のＣＭ。全国のＴＡＫＥファンが舌なめずりしそうな未公開映像をフライングで見られるのは、高校生ブレーンの特権だ。

チョコをひと口かじったTAKEの体が、チョコレートの海にオーバーラップして沈んでいく。そこに「TAKE、とろける」とナレーションが入る。最後にモザイクのかかった商品が映って、「とろける秘密は、10月1日グレコ製菓から」と思わせぶりに終わる。

商品名はあえて言わない。「何の広告だろう」と思わせて消費者の興味と期待を刺激する「ティーザー広告」と呼ばれる手法なんだって。

とろけるTAKEが最高にセクシーで、ぞくぞくした。このカッコいいCMが生まれるのに自分も関わったと思うと、ますます興奮してしまう。

「あー、チョコ食べたくなっちゃった」

いつの間にか、操の機嫌も直っていた。

052　アサイン

Mエージェンシーがグレコ製菓から正式にアサイン、つまり指名されたのは、8月のお盆過ぎだった。

早ければ7月中に返事が来るはずだったから、半月あまり待たされたことになる。

そこから超特急で広告制作に入り、予定通り9月下旬からのCMオンエアに間に合わせたのだった。発売前に出る雑誌には広告掲載が間に合わず、発売当日に新聞広告を打つことになった。

決定が遅れたのは、グレコ製菓の中で意見が割れたからだった。

実は、TAKEを使った新発売用の15秒CMは別の広告代理店が作ることが決まっていて、すでに撮影準備が進められていた。それに追加する形で、今回のプロモーション競合に勝った広告代理店がキャンペーン告知の15秒CMを作り、2本立てで流す予定だった。

ところが、Mエージェンシーは大胆にも「新発売の告知とプロモーションの告知を1本の15秒CMでやりましょう」と提案した。

発売直前にティーザーを打ち、それを受けた新発売編を10月1日から流す。

新発売編では、TAKEがチョコの海に溶けるシーンに「TAKE、とろける。テイク・ア・チョコ」とナレーションが入り、ラストの商品カットとともに「とろける秘密はチョコレート工場に。バレンタインデー・ウィズTAKE、5000名様に当たる」としめくくる。

商品のおいしさとグレコ製菓の技術を結びつけるから、工場見学にTAKEの魅力プラスαの価値が出てくるというわけ。

この案が通ってしまうと、もう1社がやるはずだった仕事を奪ってしまうことになる。

　グレコ製菓の宣伝担当者たちはMエージェンシーをプッシュしていたのだけど、上層部は必死に抵抗した。あんな弱小代理店にこんなおいしい仕事をさせるのはもったいないとか頼りないとか猛烈な反対意見を突きつけて。でも結局は、「こっちのほうが断然面白いじゃないか」という社長のひと言で決まった。

　返事を待ってる間、戦略企画室の3人は、仕事が手につかないほどそわそわしていたらしい。

「10億円のキャンペーンだからね。取るか落とすかで天国と地獄だったんだ」

　三国さんが言った。

　10億円。金額が大きすぎて、あたしたちにはピンとこない。

「インドの全国民から1円ずつ」なんて雛子が言うから、ますますわからなくなる。

「うちの年間売り上げ200億円の20分の1ね」と三原さん。

　Mエージェンシーにとってインパクトのある数字だってことは、わかる。

「もちろん、10億円がそのまま利益にはならないよ。売り上げの約15%がコミッション、つまり手数料として代理店に入ってくるんだ」

　健さんがフォローした。

「10億の15％は……1億5000万円。ミニクーパーが何台買えるんだろ」

操は何でもクルマに換算する。

「そんな大金、どうやって使い切るんですか？」

1万円札でさえ持て余すあたしの質問に答えてくれたのは、やっぱり健さんだった。

「うちの取り分を引いて、実際に使える予算は約8億5000万円。ざっくり分けると、プロモーションに1億5000万、広告制作に1億、メディアに6億という感じかな」

プロモーション費1億5000万円のうち1億円は、『バレンタインデー・ウィズTAKE』のイベント運営費。ここには、特設ステージの工事費、照明や音響の器材費、スタッフの人件費、当選者5000名への連絡費、おみやげ代などが含まれている。

チョコレート工場見学に外れた人から抽選で2万名に当たるチャンス賞の制作費と発送料が2000万円。

賞品名は『抱いてささやくTAKEまくら』。センサー内蔵の抱きまくらが人の体温を感じると、TAKEが歌う子守歌が流れる。これも、あたしたちのブレストで生まれたアイデア。日本で作ると1個あたり2000円かかるけれど、中国の工場だと500円で上がるらしい。

あとの３０００万円が、スーパーに置いてもらう応募チラシの印刷費やキャンペーン事務局の運営費にあてられる。本来なら応募ハガキの保管場所を借りるのに月何百万という費用が発生するところなのだけど、グレコ製菓にある体育館サイズの空き倉庫を使えることになった。ハガキ10枚で５ミリの厚さとしても、１万枚で５０００ミリつまり５メートル。１００万通の応募ハガキを積み上げた高さは、５００メートルになる。

そのプロモーション・キャンペーンをお知らせする広告の制作費が１億円。

ＴＡＫＥを使ったＣＭとスチール（雑誌、新聞、ポスターなどに使う写真）の撮影から現像、合成、そして編集やレイアウトまでにかかったお金。撮影は都内のスタジオで安上がりだったけど、ディレクターもカメラマンも美術もヘアメイクも一流のスタッフを使ったから、人件費が高くついた。

コンピュータ・グラフィックスで作ったチョコレートの海とＴＡＫＥを合成するのに、なんと３０００万円もかかっている。

ＣＭの映像は商品をモザイクで隠した「発売前」編と商品を見せる「発売後」編の２タイプ。さらに発売後編は発売時の10月頭とキャンペーン応募締切間近の11月末でナレーションが変わる。３タイプの素材を組むスタジオ編集費は１００万円を超えるけれど、１億円の中では、かわいいものだ。

これにTAKEの出演料が加わったら、とても1億円では「はまらない」のだけど、年間契約料の7000万円は別扱いということで、予算にはCM撮影とスチール撮影の2日間の拘束料300万円だけが組み込まれている。

そして、制作した広告を世の中に送り出すためのメディア費が6億円。そのうち3億3000万円がテレビCMにあてられる。オンエアの山は「発売前後」と「キャンペーン終了直前」の2つ。9月の最後の1週間は「発売前」編を、10月1日からの2週間は「新発売」編を、11月の最後の1週間は「締切間近」編を流す。

「立ち上がりのオンエア量は、すごいよ。関東では2週間で2000GRP」

三原さんが言った。

「RPG?」

「違うよ。ロール・プレイング・ゲームじゃなくてGRP」

操のボケと健さんのフォローは、もちつきみたいに呼吸が合ってきた。

GRPというのはGROSS《グロス》 RATING《レイティング》 POINT《ポイント》の略。日本語に直すと「総視聴率」つまり視聴率を足し上げた数字のこと。新聞や雑誌の部数のように、どれだけの視聴者に届くかを計る目安になる。

「2000GRPは延べ視聴率2000%分ということ。視聴率20%の番組だと100本流れる計算になる。視聴率10%の番組だと200本分」

視聴率ひと桁の番組から30％を超える番組までばらつきがあるけれど、「平均すると7％ぐらいだから、２０００ＧＲＰを7％で割って、約２８５回流れる計算だね。これを2週間の14日間で割ると、１日あたり約20本流れることになる」

１日20本と聞いて、あたしたちは「すごーい」と手をたたいた。

「ターゲットのＣＭ接触率も視聴率から割り出せるんだよ」

健さんが、ちょっぴり得意そうにつけ加えた。

テイク・ア・チョコのメインターゲットである女子中高生は、関東１都６県に約１３０万人いる。

「２週間で２０００ＧＲＰ流した場合、その女子中高生たちは平均８回とろけるＴＡＫＥのＣＭを見ることになる。５回以上見る子は70％、少なくとも１回は見る子は95％に上る計算になるよ」

数字に弱いあたしは、この辺りで脱落。

「１回見ただけじゃ忘れるから、接触回数を増やして覚えてもらうんだよ。ＣＭだけじゃなくて、あっちでもこっちでもノイズを上げなくちゃ話題にならないんだ。だからメディアミックスが大事なんだよ」

三国さんの補足に、健さんが解説を加えた。

「メディアミックスというのは、いろんな媒体で展開すること」

雑誌や新聞の相場は、部数に比例して決まる。

売れているファッション雑誌だと、広告スペース料は、見開きで300万から400万円。中学生からOLまで幅広いターゲットをカバーしようと8誌に2か月分掲載したら、軽く5000万円を超えてしまう。

新聞のスペースは段の数で数える。1ページで15段。売り上げ部数日本一と2位の全国紙の15段カラー広告スペース料は、なんと約5000万円。その2紙にテイク・ア・チョコの発売日と締切直前に全面カラー広告を載せると、5000万円×4で約2億円。実際にはディスカウントが入って1億7000万円で収まった。

電車の中吊りや駅のポスターなどの交通広告には、4000万円ほど見積もっている。その大きなウェイトを占めているのが、電車内の広告スペースを買い占める「トレインジャック」。山手線の電車まるごと1台にテイク・ア・チョコの広告だけを載せて半月走らせるのに、1500万円かかるそう。

以上の雑誌・新聞・交通広告を足し上げると、2億6000万円とちょっと。残りの約1000万円はネット広告にあてられる。バナー広告やメルマガ配信などがそれ。

「他にも応募ハガキを増刷したり、街頭でサンプル配ったり、いろいろお金がかかるんだ。そんなときは儲けの1億5000万円を泣く泣く崩すんだよ」

健さんの丁寧な説明を聞いて、10億円の使い道は何となく見えた。でも、8桁や9

桁の数字が飛びかって、頭はもうヘロヘロ。雛子はふむふむとうなずいているけど、放心状態で健さんを見ている操も脱落組と見た。

「モト取るのに時間かかりそう」

雛子が鋭いひと言を放った。

「1個200円のチョコに10億円ってことは、1000万個売れても、1個売るのに100円の宣伝費をかけていることになりますね」

確かに、そう考えると、お金をかけすぎている気もする。

「この先何年も売れ続ける定番商品になるには、スタートダッシュが勝負の鍵なんだよ」

そう言う三国さんに、今度は操が反撃する。

「広告費って商品の値段に乗っけているわけでしょ。広告しなかったら、もっと安く売れるんじゃないの？」

こら、操。広告代理店の人に向かって失礼じゃないのっ！

「残念でした。広告は、長い目で見ると、モノの値段を下げるのに役立っているんです」

勝ち誇ったように三原さんが言った。

「広告をすれば、たくさん売れる。大量に消費されれば、大量に生産できる。すると生産コストが抑えられて、安定的に安く商品を提供できるわけなの」

「つまり、広告は消費者にとって情報提供なんだ」と三国さん。

「たとえば、5000万円かけて新聞広告を出したとする。1000万部発行している全国紙の朝刊なら、1部あたり5円でテイク・ア・チョコの存在を人々に知らせることができる。家族4人で読んでいれば、1人あたり1円ちょっとの計算だ」

「電話かけるより安上がりよね。しかも、全国の人たちにくまなく一斉に情報を届けられるんだから」と三原さん。

あたしは頭がこんがらがったけど、お菓子の世界も甘くないってことはよくわかった。

「グレコ製菓は10年かけてテイク・ア・チョコを開発した。我々は広告の力でロングセラーに育てる。そのスタートだ」

三国さんが言った。

新発売の打ち上げ花火を華々しく上げておしまいではなく、そこからが始まり。戦略企画室の人たちは、今の向こうに5年後、10年後を見ている。

あたしなんて、2学期の成績も見えないのに。

来年の今頃は、きっと受験勉強で青くなっている。でも、どういう大学で何を勉強したいかなんて、今は全然わからない。

あたしの未来は、まだ白紙。ただ、高校生ブレーンとしてブレストしている間は、その空白に何かを書き込めそうな気がする。あたしのやりたいこと、あたしの進みたい道。ヒントは、戦略企画室のどこかにある。きっと。

「ノッテる高校生ブレーンにあやかって、次のプロジェクトのお願い」

三原さんが切り出した。

テイク・ア・チョコのCM試写は前菜で、いよいよ本日のメインディッシュのお出まし。

『THÉME』のプレゼント・キャンペーン。

『チキン・ザ・チキン』の客寄せ作戦。

『テイク・ア・チョコ』のプロモーション・キャンペーン。

『ユーロフォン』のローンチ戦略。

続く高校生ブレーンの第5弾プロジェクトは……。

「Jプロ」

三原さんがそう言いながらホワイトボードに書いた。

「あのJプロ?」と操が聞く。

「そう。あのJプロ」と三原さんがうなずく。

「お正月映画で公開される『七人の影武者』のプロモーションなの」

「ポストTAKEって言われてるTAROが出るやつ?」と操は反応が早い。

TAROは芸能事務所の最大手、Jプロダクションの社長自らが発掘した異色のタレント。野性的な顔立ちと少林寺拳法で鍛えた筋肉が売りの19才で、ファンからは「ナイフTARO」と呼ばれている。

キレのいいダンス、刺すような鋭い眼光、近づいたら傷つけられそうな危うい雰囲気……。そんなTAROの特長をよく表しているあだ名だ。今年1月にデビューしたばかりなのに、映画初出演の『七人の影武者』で、いきなり主役に抜擢されている。

「Jプロとしてはもっと盛り上がると思ったんだけど、映画会社のほうがあまり宣伝に力入れてないらしいのね。時代劇だから、若いファンの関心も今イチだし」

三原さんが言い、健さんが続けた。

「で、Jプロ独自の予算で、映画をPRしたいという話なんだ。とくにTAROを売り込みたい高校生をターゲットにしてね」

「つまり、アタシたちみたいなのが押しかける映画にすればいいわけ?」

「そういうこと」

三国さん、三原さん、健さんの声がそろった。

「今回もコンペなんですか?」とあたしが心配すると、

「言うことが広告代理店っぽくなってきたね」

三原さんは笑って、

「安心して。今回は指名のお仕事だから。しかも、あなたたち高校生ブレーンにね」

「君たちの噂を聞きつけたらしくてね、天下のJプロから直々の発注だよ。うかうかしていると、独立されてしまうな」

三国さんが冷やかして、大人たちは戦略企画室を出て行った。信頼して任せてくれているというのもあるけど、それ以上に忙しいみたい。

「『七人の影武者』ってどういう話？」

三原さんが配っていった資料のコピーには目もくれずに、操が聞いた。

「影武者が7人出てきて、7つの呪いをかけられた村を救う、ちょっと怖い話」

小説を読んだことのある雛子が答える。映画好きでもある彼女が、今回のホワイトボード番を買って出てくれた。

操に言われて、雛子が考え込む。

「ロン毛……？　それって、影武者じゃなくて、落ち武者？」

「あれ？　どう違うんだっけ。影武者のほうがカッコいいの？」

「比べたことないから、何とも言えないんだけど……」

「影武者ってさぁ、今どきのロン毛に感じ似てない？」

ルーズに着くずしたファッションは、影武者スタイルといえるかもしれない。

「歩く広告ってどう？　影武者のカッコで街を歩いたら目立つじゃない」

あたしが言うと、雛子はきょとんとして、

「カッコ悪くない？」

「カッコ良くやるの！」

モデルはオーディションで選んで、衣装は近未来的な影武者のイメージで有名デザイナーに発注して。

「ただ歩いているだけじゃつまんないから、『影武者を探せ』ゲームやったらどうかな？」

雛子に言われて、今度はあたしがきょとんとする。

「スタンプラリーみたいに７人のサインを集めてもらうの。全員分そろったら映画のタダ券あげてもいいし」

「アタシ、それ乗った！　オリエンテーリングみたいで面白そう」と操。

意外なことに、彼女は小学生の頃、ガールスカウトに入っていたそう。

「ＦＭと組んで『影武者はどこ情報』を流したらどう？　フリーダイヤルで影武者の居場所の情報を寄せてもらって。電話番号は６４８６４８」

我ながら冴えてると思ったのに、

「電話より掲示板に書き込むほうがお手軽じゃない？」

操に突っ込まれた。

あいかわらずあたしは時代の波に乗り遅れている。

「FMと組むのはありだよね。そのFMのサイトの中に、『影武者を探せ』特設サイトを作ったら？」

電脳系美少女、雛子は操のさらに先を行っている。

「FMとサイトのコラボか、なるほどね。で、影武者は街に出没して、お茶目なことするわけ。募金したり、アイドルの写真集立ち読みしたり、俺、影武者なんだけどってナンパしたり」と操。

「影武者って書いた名刺配ったり」と雛子。

「領収証の宛名は影武者でお願いします、なんて真面目な顔して言うの」とあたし。

ルックスだけじゃなくて笑いのセンスと演技力もいるだろうな。

「便乗して影武者グッズ売らない？　影武者まんじゅうとかさ。影武者の形していて、味も7種類あるの。ムシャムシャ食べよう、なんちゃって」

操が商売っ気を出した。

「影武者アイスキャンディは？　バーが卒塔婆の形でアイスは血の色。正月映画だけど、背筋も凍る味ってことで」とあたし。

「だったらプリクラは？　背景、こわい感じにして。ＴＡＲＯとじゃなくて、ＰＲ用の影武者と写る期間限定プレミアムバージョン」

　操のブレーンの回転が加速する。あたしも負けていられない。

「じゃあ、ＵＦＯキャッチャーで影武者人形をキャッチ。７体そろったら、お守りになるの。ピンチのとき、身代わりになってくれるってのは？」

「７個ひと組ってのは、いいね。影武者ペンとか影武者携帯ホルダーとか。仲のいい友だち同士で分けたら、その友情は永遠に続くってことにして」

　女子高校生には、とにかくジンクスが効く。

「もっとゆっくりしゃべって！」

　ホワイトボードにペンを走らせながら、雛子が叫んだ。

　トルネード級の嵐で頭がウニになった頃に、三原さんが健さんと戻ってきた。

「影武者が歩く広告になるのは、注目度も話題性もありそうね」

　良かった、合格点。と思ったら、

「で、モデルのアテはあるの？」

　そう。大事なのは、実現できるアイデアであるということ。

「オーディションで決めたらどうかなと思うんですけど」とあたし。

「７人か。時間が厳しいな。短期間でかき集めてもレベルは期待できないし」

映画公開は冬休み直前の土曜日。封切り前に話題になっていようと思ったら、11月中には影武者に街を歩いてもらわないといけない。

「アタシの友だちのイケメン7人集めて、バイトしてもらおっか」

操が冗談っぽく言った。

「ありがとう。でも、素人はコントロールが難しいし、学校との調整も大変だし、できればモデルとか俳優の卵とか、タレント活動している人がいいのよね」

「Jプロダクションのタレントは、だめなんですか」

雛子が聞いた。

たしかに、Jプロのお金でやるんだから、Jプロのタレントを使えばいい。これから売り出そうとしている7人を使えば、映画とタレントの宣伝を兼ねて一石二鳥になる。

早速、三原さんがJプロダクションに問い合わせることになった。

053　インセンティブ

この日の帰り際、ちょっとした事件があった。いつものブレスト代とは別に、ボーナスが支払われたのだ。

その額、なんと5万円。ブレスト10時間分だ。

あたしたちがサインした領収証には、「ただし、インセンティブとして」と書いてあった。インセンティブは直訳すると、「動機・刺激」。いい仕事をしたときに出るごほうびをMエージェンシーではそう呼んでいる。

「あなたたちのおかげで売り上げ目標を達成できそうだから」

三原さんが打ち明けた。

戦略企画室は期間限定の切り込み隊。「年内までに売り上げ目標10億円を達成しないと、解散」というのが会社との約束なのだという。

「テイク・ア・チョコの10億が取れたからね。おまけにチキチキも守れた。あのまま売り上げが伸びなかったら、うちは切られるとこだったの」

チキチキの日本上陸キャンペーンが思いっきり空振りに終わってしまったMエージェンシーは、クライアントを失望させてしまっていた。代わりの代理店はいくらでもいる。売れて当たり前、売れなければ責任を取らされる。

「クライアントの温情でテコ入れ策をプレゼンさせてもらえることになったけど、後がない状況だったの。高校生ブレーンのアイデアが受けたおかげで、Mエージェンシーは首がつながったわけ」

チキチキでは今年中にユニフォームをリニューアルすることになった。もしも扱いを落としていたら、Mエージェンシーは年間3億の売り上げを失うところだった。

「だったら、もうちょっとはずんでもいいんじゃない？」

その言葉に、その場にいた全員が操を見た。

「クルマとかさ。10億の1％でも1000万だよ」

操は相当マズイことを言っていた。重い沈黙が戦略企画室を包んだ。

「勘違いしてもらいたくないんだけど」

沈黙を破ったのは、三原さんではなく、健さんだった。

「君たちのアイデアには、億の値段がつく。でも、思いつきというふわふわしたものに説得材料をつけて、それがいちばん生きる使い道を考えて、お金を出す価値のあるものにしているのは誰なんだ？」

いつもと変わらない、おっとりした話し方。でも、その声に静かなすごみがこもっていた。

「ライバルの広告代理店にいい仕事をやられて、僕らがいちばん悔しいのは、どんなときだと思う？　同じことを考えていたのに先にやられてしまったときだ。頭の中でなら、なんだってできる。宇宙に行こうが地底探検しようが自由。思いつきをカタチにするのが、いちばん大変なんだ」

健さんの口からこんなに言葉があふれてくるのを、はじめて見た。まぬけな顔なんて見せたことのない三原さんが、ぽかんと口を開けていた。

「カタチにする人がいてこそ、アイデアは価値があるんだ。宝の山になるか、宝の持ちぐされになるか、その違いを忘れないで欲しい」

１８０センチの大きな体をいつもは丸めるようにしている健さんが、とてつもなく大きく見えた。やさしくてのんびり屋のお兄さんは、あたしたちのずっと先を歩いている大人だったんだ。その差を突きつけられた気がした。

「アイデアが売れようが売れまいが、君たちは何のリスクも負わない。僕らは企業なんだ。勝てば何億の仕事でも、負ければ何百万ものお金と時間と労力が無駄になる。プレゼンに勝ち続けなきゃ生き残れないんだよ」

「わたしたち、十分ごほうびもらってるよ」

雛子が言った。

「そんなの……わかってるよ」

操は通学鞄をつかんで、戦略企画室を飛び出した。

「すみません、僕……」

健さんは急にしどろもどろになって、操が置いて行った謝礼の封筒をつかむと、部屋を出て行った。

「いよいよ本物の家族みたいになってきたね」

三原さんは、なぜかうれしそうだった。

「私たちって、もともと仲は悪くなかったけど、とくに親しくもなかったの。三国さんも私もドライだからね。だけど、摩湖と操と雛子が加わって、なんていうのかな、家族みたいな雰囲気になってきたの」

三原さんは母親のような、姉のような目であたしたちを見た。

「ちょっとこたえたかもしれないけど、健君の言ったことは、私も思っていること。他人だったらここまで言わないだろうけど、あなたたちはほっとけないから」

あたしも雛子もこたえていた。だけど、それは嫌な気分じゃなかった。大人が本気でぶつかってきてくれるのって、悪くなかった。大人の世界のルール。広告の世界のルール。健さんは、とても大事なことを「妹たち」に教えてくれた。

あんなことを言い出した操の気持ち、あたしには痛いほどわかった。

操は、お金が欲しかったわけじゃない。ただ、自分が必要とされていることを確かめたかったんだ。数字みたいなわかりやすいもので認めてもらって、自分は捨てたもんじゃないって安心したかったんだ。

操にもそんな気持ちがあったことが、意外だった。もしかしたら、操をへこませるような出来事が最近あったのかもしれない。

操に追いついた健さんが謝礼と一緒に「ありがとう」を届けてくれますようにとあたしは願った。

054　ヒット

10月の第2水曜日。戦略企画室に集まったあたしたちの第一声は、「すごいね！」だった。

最後にあんなことがあったから、操が来づらいかも、気まずいかもという心配は、その一言で消し飛んだ。

1日に新発売されたテイク・ア・チョコは、爆発的な売れ行きを見せていた。何が何でもTAKEとチョコレート工場見学をするために買い占める女の子たちのおかげだ。小売り用の50個入り段ボールごと買っていくツワモノまで現れた。商品が売り切れてしまったお店では、後から買いに来た子たちが大騒ぎして、暴動が起きそうになった。

そういう噂が口コミで広まって、ますますチョコが売れた。あたしも操も雛子も、駅の売店やコンビニで見かけては買ったけど、そのたびに誰かと手がぶつかった。

ほんとに『夢のチョコレート工場』みたい。子どもの頃の記憶を現実が追いかけているようで、あたしと雛子は、なんだか愉快になっていた。

でも、人気に火をつけたのはTAKEだけじゃない。とろけるおいしさは、男の子や大人にも評判だった。チョコレートの海に溶けるTAKEの真似をして、体をくねらせて食べるのが流行っていた。

テイク・ア・チョコは、ヒット商品を超えて現象になっていた。

売り場に群がる女の子たちのカラー写真に「チョコレート戦争」というタイトルがついて全国紙を飾った。広告スペース料に換算したら2000万円の大きさで、得意先は大喜びだった。

「チョコレート戦争」は、流行語になった。

あたしの通う都立T高校でもテイク・ア・チョコは大人気だった。夏休みのグルイン以来口をきくようになった冴子が「おいしいよ」と宣伝してくれたおかげで、クラスメイトが次々と買ってくれた。

冴子はチョコだけじゃなくて、あたしまで売り込んでくれた。文化祭の実行委員長に選ばれて、あたしを副委員長に指名したのだ。

クラスでいちばん目立つ冴子と、いるのかいないのかわからなかったあたし。ふたりの間に何があったのか、クラスメートたちは不思議がった。

「演劇をやりたい派」と「喫茶店をやりたい派」にクラスが分かれたとき、司会をしていたあたしは、「だったら演劇喫茶をやろうよ」と提案した。シンデレラや白雪姫やピーターパンや孫悟空、古今東西の物語の登場人物に扮した店員がショータイムにお芝居を披露する。『オンステージ』というお店の名前を即興でつけたら、教室がどよめいた。

Mエージェンシーのブレストに比べたら朝飯前だったのだけど、文化祭が大成功に終わり、クラスの子たちがあたしを見る目はがらりと変わった。

山口摩湖16才、人生ではじめてのヒットなのだった。

もちろん、学校やPTAの間で、テイク・ア・チョコ人気を問題にする声も出てきた。

グレコ製菓にかかってくる苦情電話のほとんどは、「もっと商品を並べろ」という消費者からの文句だったけど、一部は教師や保護者からのクレームだった。子どもたちの競争心をあおって余計なものを買わせるのは、教育上好ましくないとか何とか。

誰よりも熱心だったのは、あたしのママだったかもしれない。

テイク・ア・チョコを発売日に買い込んで帰ったあたしを見て、

「あんなコマーシャルに乗せられるなんて」とママは派手にあきれた。

だから、次の日は自分の部屋でこっそり食べたのだけど、ゴミ箱に捨てた包装紙を目ざとく発見というか発掘されてしまった。しかも4箱分。弟の稔の部屋からも、口封じのためにあげた2箱の残骸が見つかった。

「無駄遣いするんだったら、お小遣いあげないわよ」と警告を食らった。

あたしの家では、何に必要なお金かを申請しないとお小遣いをもらえないというセコいシステムになっている。たいてい参考書代とか模擬試験会場への交通費とかママが喜びそうなエサでお小遣いを釣るのだけど、買った証拠を見せないといけないから、小銭くらいしかごまかせない。

もともとチョコにつぎ込む余裕なんてないのだ。

戦略企画室に通い出して、あたしはようやく財布が必要な身分になった。小銭入れじゃなくて、お札が入る財布。1万円札なんて、それまで持ち歩いたことなかったんだから。

あたしが「チョコをバカ買い」したとママから報告を受けて単身赴任先から電話してきたパパは、貴重な平日の夜を1時間も使って、バカ娘にバカ丁寧に言い聞かせた。

「ああいう懸賞に当たるのは何千人にひとりとかだよ。宝くじよりも当選確率が低いんだからな。たくさん買えば当たると思って買い込んだら、メーカーの思うツボだぞ」

あたしは吹き出しそうになるのをこらえながら、聞いていた。

そのキャンペーンを仕掛けたのは、あたしとあたしの仲間なんだよ。

055　キャスティング

この日集まったのは、映画『七人の影武者』のPRキャンペーンの打ち合わせのため。

「こういうことって、あるのよねぇ」

思わせぶりな口調で、三原さんが切り出した。

プロモーション用の影武者役に使えるタレントがいるかどうか、Jプロダクションに問い合わせたところ、「打ってつけのグループがある」という答えが返ってきたのだ。

12月14日、忠臣蔵討ち入りの日にデビューする7人組。その名も『SAMURAI』。

薩摩（SATSUMA）
安芸（AKI）
武蔵（MUSASHI）
羽前（UZEN）
琉球（RYUKYU）

淡路（ＡＷＡＪＩ）
和泉（ＩＺＵＭＩ）
メンバーの出身地の昔の呼び方を芸名にして並べかえたら、偶然ＳＡＭＵＲＡＩになった。「世界に通用する日本男児集団」というコンセプトにもぴったりだし、外国人にも通じる国際語ということで、そのままグループ名になったらしい。
日本と香港と台湾でデビューアルバムと写真集（ふんどし姿もある！）を同時発売することが決まっている。どちらもタイトルは『ＳＡＭＵＲＡＩ』。どこに出しても恥ずかしくない自信作に仕上がったものの、収録と撮影が予想外に長引き、デビュープロモーションが出遅れてしまった。
デビューまで３か月を切り、Ｊプロダクションが焦りはじめたところに、「影武者の格好をして、ＴＡＲＯの主演映画の歩く広告塔になってもらう」というＭエージェンシーの提案が舞い込んだのだった。
Ｊプロダクションが決断を下すまで、３日かかった。
まだ無名とはいえ大切な商品であるタレントを街に放つのは、危険すぎる。喧嘩や事故に巻き込まれるかもしれないし、安っぽいイメージがつくかもしれない。うまくいけば、映画もタレントも売れる。でも、失敗したら映画にも傷がつく。賭けだった。

悩めるJプロダクションに冒険させる勇気をくれたのは、タレントたち自身だった。『七人の影武者』の主役であるTAROとSAMURAIの7人が、

「面白そう。やろうよ」と言った。

迷いがない反応に、事務所は吹っ切れた。

「影武者をやる本人たちが乗り気というわけで、トントン拍子に話が進んだのね」

そう言ってから、三原さんはひと息ついて、続けた。

「そこで今日、顔合わせに来てもらうことになったの」

「ウソ！」

「マジ？」

「ホントこ？」

あたしたちは一斉に叫んだ。

もうすぐデビューする本物の芸能人に会えるなんて。しかも、TAROと同じJプロってことは、ブレイク確実。今のうちにサインもらっておかなくちゃ。

「実はもうこっちに着いているの。今4階でフィッティング（衣装合わせ）中だから、そろそろね」

4階のクリエイティブのフロアにあるキャスティング部は、タレントとの出演交渉やスケジュール調整の窓口になっている。業界にコネがあって顔がきくから、話が早

い。テイク・ア・チョコのときのTAKEの裏取りも、担当者がマネージャーをよく知っていたので、電話一本で済んだ。キャスティング部には、オーディションに来た人たちが着替えられるようにフィッティングルームがある。その中でSAMURAIのメンバーは、影武者の衣装を試着しているのだ。

予算の関係で有名デザイナーには発注できなかったので、衣装のデザインはMエージェンシーの社内で公募し、あたしたちや若手社員を対象にした人気投票で決定することになった。

結局どれが選ばれたのか、あたしたちは知らない。平面だったデザインは、3次元の衣装になって、未来のスターにまとわれて、もうすぐこの戦略企画室に現れる。

ドアがノックされて、あたしたちは背筋を伸ばした。

「どうぞ」

三原さんの落ち着いた声は、いつもと変わらない。

開いたドアに視線が吸い寄せられて……。入ってきたのは、健さんと三国さんだった。

「なあんだ」と操。露骨に肩の力が抜ける。

「がっかりするなよ。Mエージェンシーの2大スターだぞ」

三国さんがオールバックを両手で撫でつけた。くらっとしそうな大人の男の色気。でも、ＳＡＭＵＲＡＩの7人の前では、かすんじゃうんだろな。

「健さん、自分とのギャップに悩まないでね。相手は芸能人なんだから」

「操ちゃんこそ、まったく相手にされなくても落ち込むなよ」

操と健さんが中年夫婦みたいにからかいあっていると、ドアにノックの音がした。

三原さんが「どうぞ」と言うと、ドアがゆっくり開かれた。

マネージャーらしい小柄な女性の後ろに、そびえ立つ7つの影。今度こそ本物だ。ドアを抜けて、銀の袴に身を包んだ平成の侍たちが入ってきた。黒光りするメタリックな素材を生かし、装飾をそぎ落としたデザイン。腰に差した剣からは、レーザー光線が飛び出しそう。

ＳＦＸ映画の世界からＶＩＰを迎えたような、とんでもない登場感に圧倒されて、あたしたち全員、席を立った姿勢で口を「あ」の字に開けたまま凍りついてしまった。

「お世話になります。ＪプロダクションでＳＡＭＵＲＡＩを担当しております坂井です」

先頭の女性が三国さんに名刺を差し出した。年齢は三原さんより少し下、30代前半くらい。黒のパンツスーツと、骨張った小さな体と、眉毛より上に切りそろえた前髪と、尖ったあごと、整った鼻筋と、キツネ目に銀縁メガネと……。総合すると、すごく頭がキレる優等生、という第一印象。

坂井さんは続いて三原さん、健さんと名刺交換した。そして、

「え？　あたしたちも、いいんですか」

高校生ブレーンにも同じように差し出す。Mエージェンシー以外の会社の人から名刺をもらうのなんて、はじめて。

「すみません。わたしたち、名刺がなくて……」

雛子が申し訳なさそうに言うと、

「ところが、あるのよね」

三原さんが進み出て、あたしたちに小さな箱を手渡した。

株式会社Mエージェンシーの社名が入った名刺。

「マーケティング本部　戦略企画室　高校生ブレーン」という長い役職名の下に、それぞれの名前と、Mエージェンシーの住所と電話番号。裏面は英語。QRコードも入っている。戦略企画室の3人と同じデザインだ。

「さ、お渡しして。自分の名刺は片手で差し出すんだよ」

戸惑っているあたしたちに、健さんが、いつにも増してお兄さん口調で耳打ちした。

「高校生ブレーンの山口摩湖です」

声が震えて、名刺を持つ右手も震えた。操と雛子も緊張していた。

無事に名刺交換が終わると、SAMURAIのメンバーが簡単に自己紹介した。

「リーダーの薩摩（SATSUMA）18才。出身は鹿児島です」

「安芸（AKI）17才です。中学卒業まで広島にいました」

「最年少14才の武蔵（MUSASHI）です。東京出身です」

「羽前（UZEN）16才です。生まれも育ちも山形です」

「琉球（RYUKYU）17才です。沖縄から来ました」

「淡路島出身の淡路（AWAJI）です。17才です」

「和泉（IZUMI）です。大阪出身。明日で16才になります」

平均年齢は16才。あたしたちとほぼ同世代。

一目見た瞬間、あたしのお気に入りは羽前に決まった。壊れそうなほど繊細で危ういクリスタルな雰囲気が、あたしの好みと見事にシンクロしている。雪国育ちのせいか、透けるような色白の肌は、雛子だってかなわない。手足と首が長くて、頭がすごく小さくて、漫画に出てくる美少年のようなバランスも理想そのもの。

TAKEと並んでも、あたしは羽前を選ぶな。断然。

雛子の目は、琉球に釘づけ。小麦色の肌と彫りの深い南方系の顔立ち。雛子と並ぶと、くっきり白と黒。自分にないものを求める、わかりやすい例かもしれない。

操は、リラックスした表情でSAMURAIたちを眺め回していた。アタシが品定めしてあげる、とでもいうように。同世代の子たちとの恋愛ごっこに飽きた操は最近、「これからはオトナの男よ」と口ぐせのように言っている。

056　タイアップ

「狭くて申し訳ありませんが、おかけください」

三原さんが椅子をすすめた。

この人数でテーブルを囲むのは無理があるので、壁に張りつく形に椅子を並べて輪になった。フルーツバスケットでも始まりそうな雰囲気。

「先日坂井さんにお話ししました通り、街頭プロモーションは10月最後の日曜日から始めたいと考えています。内容についてご意見やご希望がありましたら、この場で具体的に詰めて、最終調整したいと思います」

三原さんがそう言う間に、全員にA４の３枚綴りのプリントが配られた。

１枚目はスケジュール。影武者が街に出るのは、10月の第４日曜日から11月の第３日曜日まで計４回の日曜日。場所は原宿、新宿、池袋、渋谷の順。

「10月最後ということはハロウィンですね」と坂井さん。

「そうです。あえてぶつけてみました」と三原さん。

影武者の行方は、FUNNY FM渋谷スタジオから生放送で中継。番組に寄せられた目撃者からの情報を放送する。初日と最終日には渋谷のスタジオに影武者たちが生出演し、『七人の影武者』の売り込みをする。

また、ケータイサイト『影武者を探せ』では、影武者QRコードラリー実施日には出没情報を配信するほか、プロフィール紹介や質問コーナーを設けて、謎に包まれた影武者のヴェールを少しずつはがしていく。

「4週間でどれだけファンがつくか、見ものですね」

ギャンブルの予想でもするように坂井さんが言った。芸能プロダクションにとって、所属タレントは商品。商品にどれだけの値打ちをつけられるかはマネージャーをはじめスタッフの腕にかかっている。そこにはやっぱりマーケティング的な発想や戦略が必要になってくる。

Jプロは「映画のプロモーションの顔として起用する」というMエージェンシーの戦略に賭けた。それが当たるかどうかは、ふたを開けてみないとわからない。

「映画に出資しているPXテレビとのタイアップにも、こぎつけました。取材クルーが影武者を追跡し、最終日の夜に特番を放送します」と三原さんが続けた。

テレビと聞いてSAMURAIたちの顔がパッと輝いたのを、あたしは見逃さなかった。これからデビューする彼らにとって、テレビに出るということは、今はまだ特別なことみたい。自分たちが主役になる機会は多分これがはじめてで、武者震いのような気合いが感じられた。

「テレビカメラがあると、通行人の注目も高まりますね」

坂井さんが満足そうにうなずいた。

映画公開前日には、同じくPXテレビのオークション番組に出演することが交渉済み。競売にかける商品は、まだ決まってない。

「この衣装とか、どうかなあ」最年少の武蔵が、メンバーを見回した。

「僕らと『七人の影武者』を見に行くのは、どう?」と安芸。

「売れへんかったら悲しいなあ」と和泉は大阪弁で心配した。

プリントの2枚目は、影武者QRコードラリーの仕組み。

「いわゆるサインラリーのバーコード版です」

三原さんが掲げたボードには、QRコードが7つ並んでいる。

「みなさんのプロフィールを2次元バーコード化しました。たとえば……」

三原さんは隣の健さんにボードを持ってもらい、いちばん左端のQRコードをケータイでパシャリと撮り、読取ボタンを押して、薩摩に手渡した。

「うわっ、これ、俺ですよね？」

ケータイをのぞき込んだ薩摩が少年みたいな歓声を上げた。

薩摩のQRコードを読み取ると、画面に似顔絵が現れる仕組み。

「ほんとだ、似てる似てる」

横からのぞき込んだ安芸が笑い、他のメンバーも「見せて見せて」と大騒ぎした。

似顔絵は売れっ子イラストレーターのオリーブさんが描いてくれた。本名、折居しのぶさん。三原さんの飲み仲間で大のJプロ好き。「TAROのサインをもらってあげるからさ」と三原さんが持ちかけ、破格の友情料金で引き受けてもらった。

ケータイ画面をスクロールすると、似顔絵の下からプロフィールが現れる。

「薩摩　18才　鹿児島出身　特技はサーフィン」

手元にケータイが回ってきた羽前が読み上げた。

「このQRコードをチップのようなものに印刷して、みなさんの衣装に縫いつけます」

三原さんの言葉に、おおっとSAMURAIたちがどよめいた。

衣装1着に100個のチップをちりばめる。それが武者装束の柄になる。

ケータイの壁紙にもなる似顔絵を7人分集めると、『七人の影武者』を無料で観られる。4人以上集めると、1000円になる。

「でも、似顔絵を転送されたら、いくらでも出回ってしまいますよね」

薩摩がリーダーらしく突っ込んだ発言。

「ほんとだ。影武者を追いかけなくても、ラクして集められちゃう」と武蔵も心配する。

「画像に転送防止加工することも検討しましたが、転送してもらって入手するのもいいんじゃないかと考えました。話題になることと劇場に人を集めることが目的ですから」

お客さんの前なので、三原さんは丁寧な言葉遣いになっている。

あたしたちがブレストで出した『影武者まんじゅう』と『影武者プリクラ』は、準備期間が短すぎるので実現は無理という話になった。

そのかわり、チキチキが期間限定で『影武者バーガー』を販売することになった。具が7種類入ったトリプルサイズバーガーにポテトとドリンクをつけて777円。チキチキのターゲットと映画のターゲットが重なるので、どちらにとってもいい話だ。

3枚目は、劇場公開後のプロモーションについて。

その1、各映画館で先着777名にSAMURAI特製のお香セットをプレゼント。

告知は『七人の影武者』の公開前日の夕刊に載せる広告の一部を借りて行う。

その2、『七人の影武者』の半券を送ると、抽選で777名にSAMURAIのサイン入り風呂敷をプレゼント。応募方法など詳細はチケット裏面の広告スペースを借りて告知する。

「SAMURAIの皆さんは映画には出ていませんので、あくまで『七人の影武者』とのタイアップという形で行います」と三原さん。

映画の試写会などで化粧品を配ったりするのと同じ扱い。今回のプロモーションはJプロダクションが映画のために自腹を切ってやっているけど、新聞広告やチケット裏面のスペース代は映画会社が持つ。

「あと、SAMURAIの広告用にパンフレットの見開き2ページをもらいました。実は今日が入稿の締切りだったんですが、明後日まで待ってもらえることになりましたので、至急データを用意していただけますか」

入稿というのは、印刷会社に原稿を入れること。文字要素と画像をレイアウトしたデータ原稿を入れる。

あたしは三原さんのかっこよさに惚れ惚れしていた。普通は営業や媒体の担当者がやるお金やスペースの交渉まで、ひとりで仕切っている。

「時間も予算もほとんどない中で、よくまとめてくださいました」

坂井さんが深々と頭を下げた。お金のことがよくわからないSAMURAIたちも、礼儀正しくお辞儀した。

衣装デザインはMエージェンシーの社内公募で安く済ませたものの、縫製費は300万円を超えた。QRコードチップを縫いつける手作業費も入っているので、これでも安上がりなんだそう。Jプロと専属契約している衣装屋さんが頑張ってくれた。

『影武者を探せ』サイトはFUNNY FMのケータイサイト内に置くので、運営費はかなり抑えられる。あとは、移動の車両費やサクラのバイト代ぐらいしかお金を使わない。お香や風呂敷は、もともとJプロダクションがプレゼント用に用意していたものだしSAMURAIのギャラを無視すれば、500万円でおつりが来る。FMやテレビ局や映画会社とのタイアップを手早くまとめたMエージェンシーの勝利だった。

手数料15%では割に合わないので、今回のプロジェクトは人件費で請求することになっている。どういう計算方法かはわからないけれど、高校生ブレーン3人の分も含めて、300万円がMエージェンシーに支払われるらしい。それでも、新聞全国紙の15段広告を1回打ったときの手数料（5000万円×15％とすると750万円）の半分にも満たないから、あまり儲けにはならない。

「今後Mエージェンシーさんとお仕事させていただくときは、ぜひ特別価格でやらせてください」と坂井さんが真顔で言った。

「今回の借りは、これからの仕事でお返しします。タレントの出演料を勉強しますよということ。

「SAMURAIはタダでーす」と和泉がふざけた。

お金に代えられない信頼関係を築くことが、広告の世界では億単位の価値を生み出すことだってある。戦略企画室の人たちは、そのことを誰よりもわかっている。

ミーティングは1時間くらいで終わった。立ち上がった7人のSAMURAIは、座った姿勢で見上げると、ますます大きく見えた。こんなのが渋谷や原宿を歩いていたら、目立ってしょうがないだろうな。

雛子は何度も琉球を見ては、真っ赤になっていた。誰が見ても意識しているのはバレバレ。もちろん琉球本人も気づいていたはずだけど、彼は最後までクールだった。

戦略企画室を出るとき、マネージャーの坂井さんは、ひとりひとりの顔を見ながらお礼を言った。

「三国さん、三原さん、高倉さん、本当にお世話になりました。それから山口さん、小林さん、佐々木さん、素晴らしいアイデアをありがとうございました」

初対面なのに全員の名前を正確に覚えていたことに、あたしは仰天した。

057　スキャンダル

SAMURAIの7人と坂井さんを見送るために、全員が戦略企画室を出た。いちばん最後のあたしは、部屋を出る間際、「あること」をした。

「摩湖、何してるの？」

雛子の声に、動けなくなった。雛子はとっくに出て行ったんじゃなかったっけ。いつもは「摩湖ちゃん」と呼ぶ雛子が呼び捨てした声には、とがめるような響きがあった。

「かばんの中に入れたもの、出して」

「え？　何も……」

右手を差し出した雛子は、あたしがかばんに忍ばせた物が何か見抜いていた。あたしは渋々「それ」を取り出し、テーブルの元あった位置に戻した。

ポラロイド写真が1枚。さっきフィッティングルームで撮影された羽前の袴姿。

「お、お守りにしようと思って……」

「売るつもりだったんでしょ」

「そんなことしないよ」

「じゃあ、これは?」

そう言って雛子がキャビネットの引き出しを開け、中からストーリーボードを1枚取り出し、テーブルに広げた。

見た瞬間、あたしは息をのんだ。

「それ……どこにあったの?」

「わたしが競り落としたの」

競り落とした?　意味がわからなかった。

雛子が広げたのは、テイク・ア・チョコのプレゼンに使ったテレビCMのストーリーボードの控えのプリントアウトだった。

あたしがこっそり戦略企画室から持ち出して、なくしてしまったもの。

プリントアウトの目立つ位置に押されたCONFIDENTIALのスタンプの意味は、よくわかっていた。

コピー取って元の場所に戻せば、バレないよね。

そんな軽い気持ちだった。

コンビニでカラーコピーを取って、家に帰ったとき、オリジナルをコピー機に忘れてきたことに気づいた。急いで引き返したけど、コピー機には残っていなくて、忘れ物も届けられていなかった。

誰かが持ち去ってしまったのだ。

雛子にも操にも、もちろん三原さんたちにも相談できなかった。社外秘のプリントアウトを無断で持ち出した上になくしたなんてことがバレたら、叱られるに決まっていた。

悪い人に拾われていたら……という心配も頭をかすめたけれど、1週間経っても2週間経っても何も起きないので、あたしは胸をなでおろし、なくしたストーリーボードのことを忘れていた。ううん、忘れようとしていたのかもしれない。

雛子はストーリーボードをくるくると丸め、輪ゴムで留めると、静かにテーブルに置いた。どうして雛子がこれを……。

「ネットオークションにかけられていたの」

「嘘……！」

「偶然わたしが見つけたのが、公開された直後だった。すぐに競り落としたから、ほとんど噂にはならなかった。運が良かったのね」

淡々と話す雛子の言葉が突き刺さった。

あと数時間遅かったら……あたしは悪い想像に目まいがした。ストーリーボードが流出したことがクライアントの耳に入っていたら、Mエージェンシーは切られていたかもしれない。

そうしたらバレンタインデー・ウィズTAKEキャンペーンは今頃……。

とんでもないことをした、とようやく気づいたあたしはひざがガクガクしてきた。

「どうしよう、雛子……」

「大丈夫。誰にも言ってないから」

震えるあたしの右手を雛子がやさしく包んだ。そのはかなげな指で雛子はパソコンのキーをたたき、TAKEのファンのふりをして、知らない誰かとの商談を成立させた。

「さっきはカマかけたけど、摩湖ちゃんが出品者じゃないっていうのは、わかってた。ケータイもパソコンもやらないもんね」

あたしがネットに弱いことは、雛子にはお見通しだった。もしケータイを持っていたら、せめてデジカメを持っていたら、持ち出さないで写真を撮ったのに。

「出品者の履歴を調べると、初めて出品する人だった。たまたま拾って、お金に換えようとしたみたい。イラストは全然TAKEに似てないし、売れたらラッキーぐらいにしか思ってなかったんじゃないかな」

注意深い雛子は偽名で代金5000円を振り込み、ストーリーボードの届け先を親戚の経営する喫茶店に指定した。

あたしの知らない間に、雛子はあたしのスキャンダルをもみ消し、今日まで黙っていた。

「でも、また同じことが起きたら困ると思って。SAMURAIのときは気をつけてねって、今日話すつもりだった」

ドアの前であたしが出てくるのを待っていたら、あたしの犯行現場を目撃してしまった。雛子の苦労も知らず、こりないあたしを見て、雛子はあきれたに違いない。

「わたしは摩湖ちゃんとこれからも一緒に高校生ブレーンをやりたい。だから、わたしたちを信じてくれている人たちをがっかりさせるようなことは、しちゃダメなんだ。わたしも、摩湖ちゃんも……」

雛子の言葉は痛くて、やさしくて、どんなお説教よりもこたえた。握った手の上に、涙が落ちた。あたしの涙かと思ったら、雛子のだった。勇気を出して、あたしを傷つけないように言葉を選んで、雛子はあたしを叱ってくれた。

「ありがとう」も「ごめんね」も言葉にすると薄っぺらい気がした。

何も言えないかわりに、あたしの右手を包んでいる雛子の両手に左手を重ねた。

058
キックオフ

影武者QRコードラリーの初日、10月の第4日曜日。渋谷でFUNNY　FMに生出演した後、原宿の街に散らばったSAMURAIの7人は、早速注目の的になったけれど、その正体は謎に包まれていた。番組の中では、

「ハロウィンなんで、影武者になってみました」

「今、時代は影武者だと思うんですよ」

などと「影武者」を繰り返すだけで、それ以上は語らなかったから。

7人の名前は漢字で衣装に縫いつけられていたけれど、それが芸名だという説明はしなかった。

「タレントなんですか?」とパーソナリティに聞かれると、

「見ての通り影武者です」とはぐらかしていた。

QRコードラリー最終日に特番が放送されるまで、影武者たちがJプロダクションの大型新人であることは公表しない。そのほうがいろんな噂や憶測を呼んで話題になるという戦略だった。

何も情報を流さなくても、「影武者」を連呼する7人が映画『七人の影武者』のプ

ロモーションに関係していることは連想できるだろう。「七人の出身地が芸名になっている」ことに気づいたら、「薩摩、安芸、武蔵、羽前、琉球、淡路、和泉のアルファベットの頭文字をつなげたらSAMURAIになる」ことに気づくのは時間の問題だろう。『七人の影武者』主演のTAROと同じJプロから大型新人グループがデビューするらしいという噂も、どこかから流れて、自然と広まっていくだろう。

すべてを明らかにされるより、秘密があったほうが興味をかきたてる。SAMURAI神話を育てる、とJプロダクションは強気だった。自分がその企みを仕掛ける側にいるなんて、不思議で、スリリングで、ゾクゾクする。

あたしと操と雛子は、戦略企画室の3人と一緒に立ち会いをした。あたしは羽前の、雛子は琉球の追っかけをしてギャラをもらえるので、ごきげんだった。

初日だけはサクラを仕込んだ。サクラはグルインに来てくれたオピニオンリーダーの子たちに手伝ってもらって集めた。美少年影武者を2時間ほど追い回すだけで3000円と聞いて、30人が飛びついた。

影武者に扮したSAMURAIを取り囲んだサクラたちは、レポーターのマイクみたいにケータイを向け、バシャバシャ写真を撮った。集まってきた子たちのケータイやデジカメが加わり、フラッシュがキラキラ光る。

不思議な武者装束をまとった超美男子のまわりに女子高校生が群がっている図は、マグネットみたいに、ぐいぐい人を引き寄せた。

変なもの、面白いものに飢えたカメラにとって、目の前に突然現れた近未来な影武者は、絶好の被写体だ。彼らは間もなくビッグになって、その写真はレアなお宝になる。でも、そのことを知っている人は、今は、あたしたちぐらいしかいない。

「今、原宿なんだけど、チョーカッコいい男の子がいてさー、そうそうJプロ系」

ケータイで実況している子があちこちにいた。ついでに画像も送りつけて。噂を聞きつけた子たちが、本物見たさに集まってくる。人だかりを見て、さらに人が押し寄せる。

SAMURAIたちは写真撮影にも気軽に応じていたけど、絶対に笑わなかった。にやついた軟弱な若者と違って、平成の武者はクールな日本男児なのだ。眉ひとつ動かさずにお茶目なことをやってのけるギャップが、かえって気になる。

そういうキャラクター設定もJプロダクションの戦略だった。

そのうち、サクラたちがケータイを衣装に向けているのに誰かが気づいた。

「なんで顔じゃなくて着物撮ってんの？」

「何かついてんの？」

質問攻めに遭ったサクラたちは、

「よくわかんないんだけどー。袴の柄がQRコードになっててー」

「読み取ると、似顔絵が出てくるんだって」

「集めると映画がタダになるらしいよ」

「サイトもあるみたいだけど」

と適当に答えた。あやふやにしておくほうが噂は広まりやすい。健さん流に言うと、

「どうやら〜らしいという言葉は、尾ヒレと背ビレなんだよ」

あっという間に、QRコードラリーの仕組みは広まった。

2回目の11月第1日曜日。「出没予定時刻は正午」と発表されていたのに、新宿アルタ前でそわそわしている子たちは、午前8時で軽く100人を超えていた。ケータイと双眼鏡を手に走り回る彼女たちを、マスコミは「影武者ウォッチャー」と名づけた。

もう、サクラは必要なかった。

影武者の格好をしたSAMURAIたちは、街のあちこちで次々と発見され、取り囲まれた。

薩摩は、古着屋でジーンズを見ていた。

安芸は、チキチキ新宿店で影武者バーガーにかぶりついていた。

武蔵は、自転車を借りて、靖国通りを走っていた。

羽前は、新宿駅近くのドラッグストアで胃薬を買い、「影武者様」の宛名で領収証を受け取っていた。

琉球は、クレープ屋の行列に並んでいた。

淡路は、本屋で『七人の影武者』の文庫本を立ち読みしていた。

和泉は、道端のベンチに横になって寝ていた。

公式サイトには目撃者からの情報が次々とアップされ、影武者の行動を追いかけた。その反応は驚くほど早くて、古着屋から薩摩が出てくると、情報をキャッチした子たちが店の前に人だかりを作っていた。その子たちが薩摩の次の行き先を発信した。中には嘘やひやかしも混じっていた。わざと間違った居場所を教えて、みんなを振り回す愉快犯もいた。すかさず「さっきの情報はニセモノ。ほんとは逆方向にいる」と修正情報が入る。それがまたニセモノだったりする。名前が読めなくて、安芸を「やすげい」と呼んだり、羽前を「はねまえ」と呼んだりする珍情報も飛び交った。情報が乱れると、影武者探しゲームはますます白熱した。

その夜、あたしは、ママと単身赴任先から帰っていたパパに絞られた。

「摩湖がさ、影武者の追っかけやってたんだって」と稔が口をすべらせてしまったのだ。

「図書館の自習室に行ってたんじゃなかったの？」とママが目を吊り上げた。

「ママに嘘ついて、遊んでいたのか？」とパパが声を尖らせた。

「遊びじゃないよ。Mエージェンシーのお手伝い」

「Mエージェンシー？」

ママとパパが声をそろえて聞き返した。

おしゃべりな稔のせいでMエージェンシー通いはすでにバレていたのだけど、それまではいちおう黙認されていた。

「来年は受験なのに、そんなことやってる余裕ないでしょ」とママは否定的だったけど、積極的に反対する理由がなかった。

パパは、あたしが髪も染めず、お化粧もせず、変な男ともつきあわず、真面目に学校に行っていればそれでよしという態度だった。

なのに、咄嗟の言い訳が裏目に出て、Mエージェンシーは一気に悪者になってしまった。

「高校生にアルバイトで追っかけをさせるなんて、どういうつもりなの」

「だいたい、Mなんとかなんて名前の広告代理店、聞いたことないぞ」

パパが勤めている電機メーカーの広告は、業界1位と2位の広告代理店が作っている。ブランド志向のパパにとっては、それ以外はまともな広告代理店に見えないらしい。

「そもそも広告代理店の商売なんて、水ものだからな。何も作ってないんだから」

「そんなことない！ 広告代理店はニーズを作ってる！」

パパの言葉にあたしは思わず反論した。

サクラ飲料が缶紅茶を作るように、グレコ製菓がチョコレートを作るように、Mエージェンシーはニーズを作っている。消費者の興味や欲しい気持ちを生み出している。それはとてもわくわくする仕事。

Mエージェンシーの大人たちの受け売りだけど、パパとママにうまく伝わったかどうかわからなかった。

もうMエージェンシーとは関わるなと言われるんだろうなとあたしは覚悟した。

「摩湖、1学期の期末テスト、クラスで何番だった？」とママが聞いた。

「えーっと、多分21番」

本当は、忘れたくてもちゃんと覚えている。あたしの誕生日が2月1日だから。

「じゃあ2学期の期末テストで10番以内に入るように頑張りなさい。そしたらママは何も言わないから。もう下手な嘘つかなくていいからね」

あたしは成績万能主義なママの単純さに感謝した。

10番以内にさえ入れば、いいんだ。

その夜から、あたしの猛勉強が始まった。高校生ブレーンを続ける、それだけのために。

059　ブレイク

3回目の11月第2日曜日は朝から冷え込みがきつかったけれど、女の子たちの熱気が渦巻く池袋サンシャイン前には、コートを着込んだ子なんてひとりもいなかった。

影武者ウォッチャーたちは、公式サイトからの情報の他に、ウォッチャー同士でメーリングリストを作って情報交換していた。

これまでの影武者ウォッチングの教訓をもとに作った『発見マニュアル』を売る便乗商法も現れた。7人を見分ける一覧表、原宿・新宿での行動パターン分析、それぞれの趣味や好きな食べ物をもとに予想した出没場所シミュレーションマップ。誰かがネットに書き込むと、あっという間に広まった。

池袋では、影武者1人に1台ずつワゴン車が待機し、いつでも逃げ込めるようにした。

姿を見つけられたら最後、取り囲まれて写真攻め、サイン攻め、握手攻めに遭うので、SAMURAIたちのストレスは相当なものだった。

新宿では淡路の袖が引っ張られた勢いで裂け、武蔵の袴にハサミを入れようとした女の子が健さんに引きはがされた。QRコードを切り取って持ち去るつもりだったらしい。

ウォッチャーたちの間でケンカが起きることもあった。ようやく人垣の間から姿が見えたと思ったら、すでに写真を撮った影武者で、ショックのあまり泣き出す子もいた。

映画がタダになるかどうかなんて、どうでもよかった。影武者を追いかけ、つかまえた証の似顔絵マークを集めることに、女の子たちは夢中になっていた。

「他の影武者は、どこにいるの？」と和泉の袖にすがった女の子がいた。

まだ小学生にしか見えない彼女は、静岡から新幹線で来ていた。全員の似顔絵マークがそろうまでは帰れない、と必死だった。

影武者を追跡しているテレビクルーは、大阪や地方から深夜バスで乗り込んできた女の子たちに何人も会ったという。

「ワイドショーでやっているのを見て、一目見たくなったんだって」

それだけで東京まで来てしまうエネルギーは、あたしには信じられなかった。

影武者ウォッチャーの行列が道路をふさぎ、車が通れなくなるアクシデントもあった。何十台ものクラクションが鳴り続け、車の窓から顔を出した運転手たちの怒鳴り声と女の子たちの悲鳴が混じって、辺りは騒然となった。

さすがに影武者たち本人も身の危険を感じて、端正な顔が一瞬青ざめた。

始まった頃のうれしさと興奮は、「どこまでいくんだろう」という恐怖に変わっていた。

あたしと操と雛子は、殺気立ったウォッチャーに巻き込まれると危ないので、待機中のワゴン車にかくまわれて、中から様子を見ていた。

そこへ、もみくちゃにされて衣装がはだけた羽前が転がり込んできた。首筋についた生々しいキスマークの数が、すさまじさを物語っていた。

追いかけてきたウォッチャーたちが車を取り囲み、騒ぎ立てていた。カーウィンドウには特殊なフィルム加工がしてあって、中から外は見えるけれど、外からは見えない。「羽前！」「羽前！」と呼ぶ声が、シュプレヒコールみたいに、だんだん大きくヒステリックになってきた。放っておくと暴動が起きそうだったので、窓から身を乗り出してQRコード撮影に応じることになった。

その間、後部座席にいたあたしたち3人は、毛布をかぶって「荷物」になりきった。

「見つかったら殺されるよ」

運転手をしているJプロダクションのおじさんが言った。おじさんの顔は笑っていたけれど、冗談には聞こえなかった。

QRコードを手に入れた取り巻きたちは、次の標的を目指して走り去った。

嵐の後の静けさが訪れると、羽前は助手席に体を沈め、あっという間に眠りに落ちた。

羽前の寝息は、あたしには、針葉樹を吹き抜けるミント色の風に聞こえた。その静かな響きをBGMにして、待機車は池袋を後に走り出した。

車は渋滞に巻き込まれ、動かなくなった。

あたしたちと羽前の乗った車を閉じ込めてくれている車の1台1台に、感謝したい気持ちだった。

神様、もう少しだけ、羽前を寝かせてあげてください。

そして、もう少しだけ、あたしに彼の寝顔を見させてください。彼はこれからどんどん遠い存在になるから。同じ空間、同じ時間にいられることは、もうないかもしれないから。

同じ頃、他の待機車の中でも、影武者役のSAMURAIたちが束の間の眠りを貪っていた。琉球は夢の中でもファンに追いかけられ、何度も目を覚ました。SAMU

RAIたちはみんな疲れていた。本人たちも予想しなかったスピードで、一気に有名人に、スターになってしまったことに戸惑っていた。

影武者QRコードラリーは、彼らの争奪戦だった。最初のうちは追いかけられて喜んでいた彼らも、これ以上、自分たちをめぐって女の子たちが争いあうのを見たくはなかった。

Jプロダクション側も、そろそろ大切な商品を街から引き上げようと考えていた。

『七人の影武者』は、今や正月映画のイチオシに挙げられ、前売り券も文庫本も好調に売れていた。主演のTAROが歌う主題歌は今週、ヒットチャートの1位に躍り出た。

ワイドショーでも話題になったおかげで、影武者に扮した美少年たちの顔と名前は全国区になり、それぞれの出身地では早くもファンクラブが結成されていた。あとは映画公開直前の特番でSAMURAIの正体が明らかになれば、12月14日発売のデビューアルバムと写真集は確実にヒットする。

プロモーションの目標は十分達成していた。それよりも、将棋倒しでも起こされて、商品に傷がついたり、事務所の責任を追及されたりしたら、今までの投資が無駄になる。

配給元の映画会社からもブレーキがかかった。Jプロダクションと Mエージェンシーが影武者の仕掛け人であることは公表していないので、「事故につながる」「教育上好ましくない」といった苦情は映画会社のほうへ流れてしまうのだった。「勝手にやられているので、当方でも迷惑しております」としらばっくれてきたけれど、いい加減限界だということだった。

ＱＲコードラリー最終日の11月第３日曜日、影武者は渋谷の街を歩かず、ＦＵＮＮＹ ＦＭの生出演だけこなすことになった。「渋谷に出没」情報はすでに流れていたけれど、渋谷の公開録音スタジオに姿を見せるわけだから、嘘にはならない。

スタジオは女の子たちで何重にも取り囲まれ、メンバーの名前を呼ぶ声がスペイン坂にこだましていた。「ＳＡＭＵＲＡＩ！」と呼びかける声があちこちから聞こえた。夜の特番を待たずに、メンバーの名前の頭文字をつなげたグループ名の暗号を解いた人は相当数に上っていた。

あたしと操と雛子は、取り巻きのいちばん後ろにくっついていた。何も見えなかった。あの向こうに彼らがいるんだな、とあたしたちは思いながら、そこに立っていた。

３週間前、スタジオの中の彼らは異星人のような存在だった。不思議な格好をした、ただのきれいな男の子たちだった。でも今は、それぞれの個性に恋したファンがついている。そのファンの数だけ、ＳＡＭＵＲＡＩはあたしたちから遠くなった。

「うれしこ、さびしこ」

雛子が、そっとつぶやいた。

あたしは、財布に忍ばせた7枚の名刺を思った。

手すきの和紙に毛書体で「影武者　羽前」のように名前だけを印刷したもの。裏面には紋のようにQRコードがひとつ。「SAMARAIの名刺作ったら?」とあたしたちが冗談で言ったのを三原さんが本当にしてしまったのだ。

QRコードラリーの初日、三原さんから名刺の箱を手渡された薩摩は、

「まず、みなさんに」と最初の6枚を三原さんに差し出した。

戦略企画室の3人と高校生ブレーンの3人に。

それにならって、他のメンバーも6枚ずつ名刺を三原さんに預けた。

「影武者をやれるのは、みなさんのお陰ですから、なんて言うのよ。泣けてきちゃった」

三原さんから名刺を受け取ったあたしたちも、その話を聞いて涙ぐんでしまった。

歩く広告塔になるなんて、本当はスター候補のやることじゃないのに、それを喜んで面白がってやってしまうSAMURAI。しかも、あたしたちみたいなヒヨコのスタッフにまで気を遣ってくれて。この人たち、本物の日本男児かもしれない。

その彼らが、どんどん手の届かないところへ登りつめていく。もともと同じ世界の

人じゃないとわかっていても、同じ車の中で羽前の寝息を聞くことはもうないんだなと思うと、せつなかった。

「手紙を書いたの」

隣で雛子が言った。

誰に、と聞かなくても、あたしには相手がわかった。琉球に、だよね。

「返事は来たの？」とあたしは聞いた。

何となくまわりのファンの子たちに気を遣って、小さな声になった。

「ありがとう。応援してねって」

「個人としてではなく、芸能人としての返事だね」

「もともと芸名しか知らないし」

雛子はちょっぴり首を傾げて、笑った。あたしも羽前の本名を知らない。うん、それでいいのかもしれない。

あたしたちは、そっとスタジオの前を離れた。

さよなら、羽前。

スペイン坂を下りながら、吹き上げてくる風に思わずコートの襟を立てた。空気はすっかり冬だけど、今年は寒さを感じるのが遅かったみたい。

「買い物につきあってくれない？　クリスマスプレゼントにマフラーを探したいんだ

けど」

操が言った。

「ひょっとして彼氏に？」

あたしが聞くと、操は照れくさそうに長い茶髪をくしゅくしゅとかき上げた。彼女だけは、遠くのSAMURAIより現実の恋を追いかけていた。

「彼氏って、どんな人？」と雛子が聞くと、「そのうちね」と操はまた髪をかき上げた。

操と雛子にはさまれている今のあたしを1年前のあたしが見たらどう思うだろ、とあたしは考えていた。

高校生ブレーンにスカウトされて、あたしは自分が歩けないと思っていた道を歩いて、見ることがないと思っていた景色を見ていた。来年はどんな自分に会えるのか、小さな胸に宿った期待があたたかかった。

能天気なあたしは、想像さえしていなかった。

Mエージェンシーに行けなくなる日を自分の手で招いてしまうことを。

project 06　コスメ

061　ペナルティ

11月の第4水曜日。午後5時スタートの10分前にMエージェンシーに着くと、エレベーターで操と雛子に会った。夏休みに遅刻して三原さんに叱られて以来、時間は厳守している。

戦略企画室には健さんが待っていた。だけど、三国さんと三原さんは5時半をすぎても現れなかった。

「自分たちだって遅刻してるじゃん。時間返してもらわないとね」

操がイヤミったらしく言った。

「ブレストまでには戻るって言ってたんだけど、まだつかまってるのかな」

健さんが時計を気にしながら言った。

「どこに行ったんですか」とあたしが聞くと、

「いきなりグレコ製菓に呼び出し食らっちゃったんだよね」と健さん。

悪い予感がして雛子を見ると、目が合った。

まさか、あたしがなくしてネットオークションにかけられたストーリーボードのことで……？

うん、あれは雛子が競り落としてくれたから解決しているはず。

だけど、出品された事実は消えないから、もしかしたら……。

「どうしたの摩湖？　顔色悪いよ」

操がそう言ったとき、ドアが開いて、三国さんと三原さんが入ってきた。その厳しい表情を見て、悪い予感が募る。

「二人とも、顔こわーい」

何も知らない操がからかったけど、三国さんも三原さんも反応しない。

悪い予感が現実になりつつあった。

「何かあったの？」

「操は何も知らないの？」と三原さんが聞き返した。

「ＴＡＫＥの所属事務所からグレコ製菓にクレームが入った。テレビＣＭのストーリーボードがネットオークションにかけられていたそうだ」

三国さんが静かに告げた。

「ウソ……」と操が絶句した。

雛子の口からため息がこぼれた。

「うちから流れた証拠はあるんですか？」

健さんが三国さんに聞いた。

「MエージェンシーのCONFIDENTIALのスタンプが押してあったそうだ」

誰も何も言わなかった。

「バレンタインデーのイベントをうちがやらせてもらえるかどうかも危うい」

三国さんが絞り出すように続けた。

「しばらくはコンペに呼んでもらえないだろう。グレコ製菓が持っている年間広告予算は100億円。それを広告代理店各社がコンペで競い合い、山分けする。広告は信用が何より大事。どんなにいいアイデアを持っていても、信頼できない相手にキャンペーンはまかせられない」

ハイソックスから飛び出たあたしのひざが震えていた。震えを止めようとひざをつかんだ両手が汗ばんでいた。

「俺たちは億単位のお金を使って花火を上げて、世の中を動かしている。すごく面白いけど、すごく怖い仕事だ。ボタンをかけ違えると、花火は暴発する」

「ちょっと待って。アタシたちが疑われてんの？」

操が立ち上がった。

「そんなバカなことするわけないじゃん！　よその会社にはめられたんじゃないの？」

「違うの。操、あのね……」

何か言わなきゃと思うけど、言葉がまとまらない。何を言っても言い訳にしかならない。

「あれ……？　プリントアウト、ありますね」

キャビネットの引き出しを開けた三原さんが、プリントアウトを取り出した。

「どういうことだ？」

三国さんが言い、大人たちが顔を見合わせる。

「すみません。それはわたしが戻しました」

雛子が頭を下げた。

違う。謝らなくちゃいけないのは雛子じゃない。

あたしはこらえきれずに泣き出した。


どうやって家にたどり着いたのか、覚えていない。

ベッドの上で目を覚ましたときは、真夜中だった。泣き腫らしたまぶたが重たかった。カーテンを開けたままの窓の向こうに月が見えた。

悪い夢であってくれたらいいのに。

朝が来たら、あれは何かの間違いでしたとひっくり返ればいいのに。

そんな奇跡が起こらないことは、あたしがいちばんよくわかっていた。

口うるさいママも口の悪い稔も、何も言わず、何も聞かなかった。それがかえって不気味だった。

誰にも会いたくなかったけれど、学校には行った。

「どうしたのその顔?」と冴子に突っ込まれて、「ドラマ観て泣きすぎちゃって」とかわせるくらいには、あたしも少しは器用になっていた。

期末テストが間近に迫っていた。

クラスで10番以内に入れたらMエージェンシー通いを認めてもらえるというママとの約束が空しかった。

何点取れたって、ママが認めてくれたって、戦略企画室にはもうあたしの居場所はない。

期末テストが終わった日の放課後、Mエージェンシーに近すぎないカフェで三原さんを待った。

最初の一言、どうしよう。いきなり謝ったほうがいいのか、挨拶が先か、それとも……。迷っていると、

「摩湖、お待たせ」

明るく声をかけて、三原さんが向かいの椅子に腰を下ろした。

あたたかい飲み物を注文した後、三原さんはメニューを開いたまま、

「3種のベリーのパンケーキだって。これおいしそうだね」などとスイーツチェックをしていた。

三原さん、甘いものなんて全然食べないのに。

三原さんのカフェオレとあたしのアールグレイティーが運ばれてきて、あたしたちはひと口つけた。

引っ張るのはここまで。そろそろ切り出さないと。

「あの、これ……今までにいただいたバイト代です」

Mエージェンシーのロゴが入った封筒を、うつむいたまま差し出した。

「こんなんじゃ足しにならないの、わかっています。でも……」

三原さんは黙ってあたしの手から封筒を受け取り、テーブルに置いた。

「あの……あたしのせいで……」

「ネットオークションで競り落としたのが雛子で良かった。でも5000円ってのが安すぎたみたい。あのTAKEが、たった5000円で落札されたってことが事務所は面白くなかったらしいの」

三原さんはいつもより明るい声で、笑いを交えて話してくれた。あたしを落ち込ませないように、傷つけないように。

「安心して。バレンタインデー・ウィズTAKEは予定通りMエージェンシーがやらせてもらえることになったから。摩湖たちを連れて行ってあげるのは、難しくなっちゃったけど」

バレンタインデー・ウィズTAKEキャンペーンの応募は11月30日に締め切られた。グレコ製菓の空き倉庫を埋め尽くすハガキの山。その中にあたしと操と雛子のハガキもあるはずだ。3人合わせて18通。バーコード5枚で1口だから、90箱を消費した計算。でも、当選確率は限りなくゼロに近いから、「スタッフとしてもぐりこめるよう何とかしてあげる」と言う三原さんに望みを託していた。

それは叶わなくなった。あたしのせいで。

だけど、イベント運営から外される最悪の事態は免れた。

「ローンチの広告は出稿済だし、お金も予算通り支払われる。今回のペナルティでコミッションがカットされることも覚悟したんだけど、グレコ製菓はそうしなかった」

言いにくいお金の話も、三原さんは隠さなかった。あたしには耳の痛い、胸の痛む話。だけど、あたしが本当のことを聞きたがっているのを三原さんはわかってくれている。

「いいクライアントよね、グレコ製菓。甘いのはチョコだけじゃなかったわね」

三原さんは冗談を言ったつもりらしかったけど、あたしは笑えなかった。相手が悪かったら、コミッションつまり手数料をカットされて、Mエージェンシーに大損させてしまっていたことになる。何千万なのか、何億円なのか、一生かかっても返せないような大きなツケ。それをたまたま免れただけのことだ。

「コンペでＭエージェンシーを推さなかった上層部からは、そら見たことかと厳しい声もあったのは事実。でも、テイク・ア・チョコは、そんな声をかき消す勢いでヒットしてる。摩湖たちのアイデアの強さがピンチを救ったとも言えるわね」

　でも、と三原さんが続けた。

「ＴＡＫＥの事務所はまだ怒ってる」

　ストーリーボードの絵コンテが似ていないとはいえ、今をときめくＴＡＫＥのＣＭのストーリーボードがたった５０００円で落札された。その噂がネット上で出回って、所属事務所の社長の目に留まり、今回の騒動になったのだった。

　ＴＡＫＥを起用したキャンペーンは、Ｍエージェンシーからは提案しにくくなる。ＴＡＫＥだけではない。事務所が抱える何十人というタレントたちも、情報管理にルーズなＭエージェンシーとは距離を置くことになるだろう。

「そういうわけで、テイク・ア・チョコの売り上げ10億円は、戦略企画室の年間売り上げにカウントされないことになったの。社内的なペナルティってことね」

　三原さんはさらっと言ったけど、Ｍエージェンシーでいちばん小さな部署、戦略企画室が来年も存続するための条件は、今年中に売り上げ10億円を達成すること。その目標を余裕で達成できていたはずなのに、すっかり解散の危機に追い込まれている。高校生ブレーンのたったひとりの勝手な行動のせいで。

10引く10はゼロ。だけど単位は億円。

「あたし、取り返しのつかないこと、しました」

「取り返し、つかないかな」

顔を上げて遠慮がちに三原さんを見ると、真っ直ぐな目があたしを見ていた。今もまつ毛は力強く上を向いている。

「高校生ブレーンを採用しようって言ったら、社内で猛反対に遭ったの。でも、絶対成功させてみせますって押し通したんだよね」

いつもの落ち着いた声で、三原さんが言った。

「このまま終わったら、ほらやっぱりってなるんだろうね」

「すみません、あたしのせいで……」

謝ることしかできなかった。

「摩湖たちとブレストするの、楽しかったな。広告業界で働く夢がかなって、中途入社でMエージェンシーに来た頃を思い出したりしてさ。ブレストって、アイデアの種を掘り起こすだけじゃなくて、その人の中に眠っている宝物にも気づかせてくれるんだよね。みんなの反応ばっかり気にしていた摩湖が、ブレストのたびに生き生きしていくのも楽しみだった」

三原さんの話が、手の届かないおとぎ話のように聞こえた。

大好きな人たちに迷惑をかけただけじゃない。あたしは、かけがえのないものをあたし自身から奪ってしまった。

「あれ、私、さっきから過去形でしゃべってるね」

あたしの心を読んだみたいに三原さんが気づいて、

「まだ勝負はついてないから」とあたしを見た。

「でも……」

「返したい気持ちがあるなら、アイデアで返して」

「あの、あたし、どうしたらいいんでしょうか」

「ヒントはあげたつもりだけど」

三原さんはテーブルの上の伝票を取って立ち上がった。

あたしはテーブルに残された封筒に目をやった。

Mエージェンシーのロゴに問いかけられている気がした。

どうする、摩湖……？

062 リベンジ

「宝物はあたしの中にあるって三原さんは言うんだけど、あたしひとりじゃ掘り出せないから、一緒にやって欲しいの！」

渋谷のスクランブル交差点の向こうに現れた操と雛子に向かって、あたしは声を張り上げた。

三原さんと会った後、雛子のケータイに電話をかけて、話したいことがあると告げると、「かしこまりこ！」と弾んだ声が返ってきた。

そして、雛子は操を連れて、30分後に姿を見せたのだった。

「摩湖、アタシにわかる日本語しゃべれ」

長い横断歩道の向こうで操が声を張り上げる。

「だから−、落とした10億取り戻す方法をブレストしようって言ってんの！」

10億と聞いて、通りすがりの人たちがあたしを見た。

信号が変わって、あたしたちは横断歩道の真ん中で落ち合った。

「摩湖、マジで言ってる？」

「摩湖ちゃん、ほんとこ？」

「あたしひとりじゃ無理だけど、3人ならできる気がする！」

もうあたしの語尾は下がっていない。

「その自信どっから来んの？」と操が聞いた。

「何言ってんの！　操と雛子に分けてもらったんだよ！」

操と雛子が顔を見合わせ、プッと吹き出した。

「自信つけた責任取れって？」

操に言われて、あたしは大きくうなずいた。

「もう一度、3人でブレストしたい」

「その前に言うことあるだろ！」

操があたしの首を絞めた。

「なんで黙ってたんだよ、水くさい！　アタシにも相談しろ！」

「ごめんなさい。色々全部ごめんなさい！」

あたしの首を絞める操の腕をつかんで、あたしは「ごめんなさい」を連呼しながら、心の中で操と雛子に「ありがとう」を繰り返していた。

それからあたしたちは、109前の階段に腰を下ろして、10億円を取り返す方法をブレストした。

「前に三国さんに聞いたんだけど、新規の得意先に切り込むときは、まず担当者に会いに行って、自分たちのことを知ってもらってからプレゼンのアポを取るんだって」

と雛子。

「知らないヤツに、いきなりプレゼンさせたりしないってわけね」と操。

「担当者ってどうやって調べるの？」とあたしが聞くと、

「その前に、どこ攻める？」

操に言われて、まずはプレゼン先をブレストする。

「アイデアを考えやすいブランドがいいよね」と操。

「あたしたちが好きなものとか、使ってるものとか」

「サンプルで商品もらえたら、うれしこ」

「だったら、ここ攻めてみる？」

操がそう言って、自分が着ているジャケットを軽く持ち上げた。

操のジャケットを販売しているブランドの本社は、新宿にあった。

「あのー、広告の担当者に会いたいんですけど」

受付で操が告げると、

「何時のお約束でしょうか」

と受付嬢に聞かれた。物腰はやわらかいけれど、明らかに操を警戒していた。

「アポはまだっていうか、これからなんですけど」と操。

「担当者の名前をお願いします」と受付嬢。

「だから、それを知りたいんだけどぉ」

と操がタメ口になったところで、あたしたちはガードマンにつまみ出された。

広告にクレームをつけに来たとでも思われたのかもしれない。

「おい、アタシ客だよ！」

操はガラス張りの本社ビルに向かって、ジャケットを見せつけて吠えた。


アポなし突撃の次にあたしたちがしたのは、電話攻撃。

プレゼン先候補の電話番号リストを手にした操と雛子がケータイから電話をかけまくった。路上コールセンター状態。その傍らで、あたしは雑誌をめくり、追加のプレゼン先候補を探した。

「そうですか。広告は決まった取引先が担当していると……。お忙しいところ、お邪魔しました」

「もしもし？　そっちの広告仕切ってる人に話があるんだけどぉ……あれ、切られた」

リストの19件は全滅。アポ取りの壁は高かった。

「甘かったかな。落とした10億取り返すなんて」

あたしが弱気になると、

「フツーの高校生だったらね」

操は電話のかけすぎで乾いた唇にリップクリームでうるおいを補給しながら、強気発言。

「それ、どこのリップ？」

雛子が聞いた。

操はスケルトンのケースについたロゴを見て、「読めない」と雛子に見せた。

Julia's Candyと金色のロゴがスタンプされていた。

「ジュリアズ・キャンディ」

雛子が読み上げた。

操、これぐらいの英語は読もうよ。

「パッケージがキャンディっぽくてかわいこ。どこで売ってるの？」と雛子。

「南海子が夏にハワイ行ったときのお土産。アメリカですっげー人気なんだって。今度日本に上陸するとか言ってた」

「いつ？　本社どこ？」

あたしが食いついた。日本上陸ということは、大々的に広告を打つチャンス！

「わかんないよ。アタシ担当者じゃないし」

仕事の早い雛子がケータイで《Julia's Candy》を検索して、アメリカ本社のオフィシャルサイトを開いた。キャンディをばらまいたみたいなポップな色使いがかわいいけど、英語だらけで読む気にならない。

雛子が《contact》をクリックすると、アメリカ本社の電話番号が出た。

「Hello. We hear you are going to launch in Japan.And we would like to make presentation for your launch campaign.Could we talk to person in charge in Japan?」

電話がアメリカ本社につながり、雛子がきれいな発音の英語で話した。

「摩湖、日本語に訳して」

「日本上陸のローンチキャンペーンのプレゼンをさせていただきたいんですけど、日本での担当者とお話しさせていただけますか、みたいなこと言ってる」

「摩湖もやるじゃん」

あたしは聞き取りにはまあまあ自信はあるけど、話すのは無理。単語が出て来ない。

雛子はというと、話すのは流暢だけど、聞き取りは苦手な様子で、

「Yes…Pardon?…Uh…Pardon? Sorry can you speak slowly?」

pardon（すみません）を連発して、何度も聞き返している。

「ああっ、もう、貸して！」

操が雛子のケータイを奪った。

「ハロー？　トーキョーオフィス、テレフォンナンバー、プリーズ」

英語というよりカタカナ語。だけど聞きたいことはハッキリわかる。

「メモって！」

雛子の美しい英語より、操のサバイバルカタカナ語のほうが通じたのだった。

063

アポイントメント

ジュリアズ・キャンディの日本での販売を担当している総合商社、世界物産の東京本社の電話番号がわかると、雛子が電話をかけた。

「ハワイのお土産にもらったジュリアズ・キャンディのリップクリームがとても気に入って、今度日本でも買えるようになるって聞いたんですけど、他の商品もぜひ見てみたいんですが」

広告代理店の人間ではなく消費者としてアプローチすると、

「ショールームはまだありませんが、宣伝部にサンプルがあるのでそちらをお試しただけます」

アポ取りの壁をあっさり乗り越え、いきなり宣伝部につないでもらえた。

通された会議室のドアには、《ジュリアズ・キャンディ準備室》と貼り紙があった。

テーブルの上には、《sample》の小さなシールがついた商品が並んでいた。

ネイルエナメル。マスカラ。アイシャドウ。リップスティック……。食べたくなるようなキャンディカラーたち。ネイルエナメルはもちろん、どのコスメもケースが透明になっていて、中身の色が見える。

「香水ボトルみたい！」

操が興奮して、身を乗り出した。

「ご自由にお試しくださいって言ってたよね？」

雛子の言葉を合図に、あたしたちは色とりどりのキャンディに飛びついた。

見たことがあるような、ないような、不思議な色ばかり。デジャヴを感じるのは、頭の中で想像したことがある色だからかもしれない。

「こんな微妙なピンク、探していたんだ」

雛子がうっとり見とれているネイルエナメルは、雛子流に言えば、

「朝露に濡れたイチゴが、太陽の光を浴びてきらめいている」みたいな色。

フレッシュ・ストロベリーと名づけられたその色をまとうと、雛子の指にだけ、み

ずみずしい初夏が訪れたように見える。

「ミルキーカラーのマスカラがなくて、暴れていたの！」

操は、ものすごい勢いでまつ毛にブラシを走らせていた。バナナ・マシュマロという名前そのままのクリームイエローが、まつ毛の黒を完全に征服している。

黒い紙にも書ける白やパステルカラーのミルキーペンは高校生の定番アイテムになっているけど、これはそのマスカラ版という感じ。ケースが透けているから、本当にステーショナリーに間違えられるかもしれない。

それから操は、空からこぼれ落ちたばかりのようなレイン・ドロップの水色で目元にシャドウを入れ、同じ色を爪に塗った。10粒の雨の滴が並んだみたいで、とてもかわいい。

その間に、雛子はアイシャドウを試していた。ライムの輪切りを思わせるファジー・ライムという黄色から緑のグラデーション。普通、アイシャドウは1色だったり、2色とか3色のセットだったりするけど、ジュリアズ・キャンディの場合は、左端から右端まで少しずつニュアンスが変化する。

操がコスメフリークなのはわかっていたけど、雛子もかなり好きなんだな。ちょっと意外な思いで眺めていると、

「ぼーっと見てないで、摩湖もつけなよ」

操に急かされてしまった。

実はあたし、コスメにはうとい。とことん、うとい。買ったことがあるのは、カサカサ防止のリップクリームぐらい。眉毛は整えようもないほど薄いけど、描くのは不自然だと思って、何もしていない。

きれいな色を見るのは好きだから、ときどきドラッグストアでリップやアイシャドウを試したり、小指だけに色を塗ったりする。でも、せっかくつけても、すぐに落としてしまう。口うるさいママに見つかる前に。

手に取ったオレンジ・シャーベットのネイルエナメルを試してみたい誘惑はヤマヤマなんだけど、操や雛子みたいにうまく塗れるかどうか不安で、様子を見ていた。

「塗ってあげようか。アタシ、人の爪塗るの大好きだから」

あたしの心の中を読んだのか、操の天の声。

あたしは手の中であったまったボトルを操に預け、両手を差し出した。

「摩湖、爪の形いいよね」

操は慣れた手つきで、あたしの爪にハケを滑らせた。手先が器用な操は、自分の爪をキャンバスにして、金魚を泳がせたり、ハイビスカスを咲かせたりする。操の爪をチェックするのは、あたしのひそかな楽しみ。

はみ出すこともよれることもなく、操は完璧にあたしの爪を塗りあげた。

シャキッと凍らせたシャーベットのような、クールでジューシーなオレンジ。

「この色、食べちゃいたい。摩湖をもっとおいしくしてあげる！」

爪を仕上げると、操は目元に取りかかった。アイシャドウはオレンジのグラデーションのファジー・ネーブル。マスカラはネイルと同じ色。まつ毛をビューラーで巻いていないから、ちょっと塗りにくそう。

「見て見て、雛子。摩湖って、メイク映えするよね？」

あたしの顔をぐいと雛子のほうに向けて、得意そうに操が言う。

「うん。まつ毛が長いのね。大人っぽく見える」と雛子がうなずく。

いつの間に入って来たのか、三原さんと同い年ぐらいの小柄な女性が戸口に立って、あたしたちをニコニコして見ていた。

「すみません、すっかり夢中になっちゃって」

あたしたちはお試しコーナーから現実に引き戻された。

「世界物産宣伝部の藤野です」

女の人がニコッと笑って、名刺を差し出した。

名刺にはジェネラルマネージャーと書いてあった。

「プレゼンのアポ取れました！」

あたしたちが戦略企画室に乗り込んで告げると、待ち受けた三原さん、三国さん、健さんが目を見開いた。

「そんなに意外?」と操が言うと、

「ていうか、その顔」と健さん。

アポが取れたということより、メイクしたままの顔に驚いていた。

「クライアントはどこ?」

あっけに取られて、三原さんが聞いた。

「ここです」

あたしたちはキャンディカラーに彩られた顔を指差した。その爪もキャンディカラーをまとっていた。

「ローンチ広告のプレゼンは先週終わっていたんですけど、割り込ませてもらいました」

雛子がそう言って、ジュリアズ・キャンディのカタログと藤野さんの名刺を出した。プレゼンは4社コンペだったのだけど、これといった提案がなくて、再プレゼンを求めようかどうか藤野さんは迷っていた。あたしたちは絶妙なタイミングで世界物産に切り込んだのだった。

「世界物産って、僕たちが攻めてたとこですよね?」と健さんが言った。

「どんな手を使ったんだ？」と三国さんが唸った。

「高校生にしか使えない手があるんじゃないですか」

そう言って、三原さんがあたしにウィンクした。三原さんに焚きつけられて行動を起こしたことを喜んでくれている。

「だったら、ユーロフォンのときみたいに高校生でグルインやったら？　あたしよりコスメに詳しい子もいるし」と操が言った。

操の友だち、南海子のシルバーの爪と、成実の白い唇を思い出した。

そもそも南海子のハワイ土着のリップがなかったら、あたしたちはジュリアズ・キャンディにたどり着けていない。

「前回はグルインだったけど、今回は時間もないことだし、拡大ブレストにしない？」

と三原さんが提案すると、

「ブレーン増量、いいねー！」

「拡大ブレスト、かしこまりこ」

操と雛子はすぐに賛成した。

「摩湖は反対なの？」

あたしが返事しないのをNOと受け止めたのか、三原さんが顔色をうかがった。

「い、いいえ。でも、あたし、人見知りするから。あの子たちに、のまれちゃいそうしどろもどろに言い訳すると、操が派手な笑い声をあげた。

「何言ってんの？　アタシたちとすぐ打ち解けたくせに」

それは、あたしが頑張って勇気を出して、話しかけたからだよ。顔は笑っていても、手とか背中とか、すごく汗かいていたんだから。だけど、人にはそんな苦労は見えていなかったのは、意外だった。

「というわけで、今回のブレストの司会は摩湖にやって欲しいんだけど」

三原さんが言うと、操と雛子は声をそろえて、「異議なーし」と答えた。

「あたしなんかより……」

そう言いかけたのをさえぎって、あとの3人が拍手をして、強引に決めてしまった。

困った顔をしながらも、内心はすごくうれしかった。

あたしが心配していたのは、怖かったのは、高校生ブレーンが大きくなったとき、自分の居場所が小さくなったり、なくなったりすることだった。でも、もう大丈夫みたい。

涙がこぼれそうになるのを、こらえた。オレンジ・シャーベットのマスカラがにじんでしまうから。

家に帰って、ママの顔を見て、メイクを落とすのを忘れていたことに気づいた。何を言っていいかわからなくて、「テスト終わった」と言った。

「出かけるときよりいい顔してるじゃない」とママが言った。

テストのことは何も聞かれなかった。

064　トライアル

ジュリアズ・キャンディの拡大ブレストは、高校生が集まりやすいようにと土曜日にやることになった。

グルイン組6人にあたしと操と雛子と三原さんを加えて、全部で10人。8月のグルインから4か月ぶりの再会で、戦略企画室のテーブルは同窓会みたいなにぎやかさになった。

三国さんと健さんの姿はなかった。いたとしても、切れ目のない女子トークに入るタイミングがつかめなくて、大縄跳びで足踏みするみたいにオロオロしていたはず。

「じゃあ摩湖、後はよろしくね」

三原さんは、あたしの肩を軽くたたくと、窓際に寄せた椅子に座ってしまった。すがる目で追うと、私はオブザーバーだからアテにしないでという風に手を振られた。

　進行役兼書記のあたしは、ホワイトボードの前に立った。

「今日、みなさんに集まってもらったのは、アメリカのメイクアップコスメ、ジュリアズ・キャンディの日本上陸についてのアイデア出しをお願いしたいと思いまして」

　話し出すと、おしゃべりが止んで、みんなが一斉にこっちを見た。その視線が、あたしをますます緊張させた。

「摩湖、みんなタメなんだからさあ、もっとラクにしゃべってよ」

　操が突っ込むと、そうだよと南海子が言う。

　ちょっぴり気が楽になった。

「ロスに住んでいるジュリアっていう高校生が、欲しい色のコスメが売ってないからって、自分で作っちゃったの」

　アメリカ版のカタログを広げると、金髪の女の子が笑っている。白い肌に散らばったそばかすがチャームポイント。本人は気にしているかもしれないけど。

「この子がひとりで？」

「かっこいい！」

　同世代の高校生が作ったコスメブランドと聞いて、口々に歓声が上がる。

「もちろん、技術的には薬剤師であるお父さんがバックアップしているんだけどね」

ブランドの紹介が終わると、あたしは紙袋の中からサンプルのコスメたちをひとつずつ取り出した。

うわぁっと、ため息が一斉にこぼれる。

「手に取って、つけてみて」

言うと同時に、手が飛んできた。カワイーと歓声を上げながら、ふたを開け、待ちきれないように色を試す。

ハワイ土産でジュリアズ・キャンディのコスメを買ってきた多摩川学園の南海子は、オレンジ・シャーベットのマスカラに飛びついた。

「アタシ以上のコスメ好き」と操が言う渋谷女学園の成実は、バナナ・マシュマロのマスカラを選んだ。操が目をつけたのと同じミルキーカラー。

雛子と同じ東京聖女学院に通うミクロ美少女、環がつけているのは、ハニー・キッスというリップカラー。コンセプトは「花の蜜を吸ったばかりの蜂が落とした色」。光沢のあるハチミツ色のうるおいが、形のいい唇をおいしそうに見せてくれる。

目と耳がやたら大きいあたしのクラスメイト、都立T高校の冴子はファジー・ブルーベリーのシャドウで縁取ったのだけど、つけすぎて、殴られたみたいに目元が膨らんでしまった。メイクは得意じゃないんだな。冴子の欠点を見つけたあたしは、冴子のことがまた好きになった。

クリエイティブ精神あふれるあたしの幼なじみ、都立S高校の瑞穂は、爪のひとつひとつに違う色を試して遊んでいる。今日は、白のレースカーテンを改造したワンピース姿。

お嬢様っぽい雰囲気が雛子に似ている成城寺高校の美月が選んだのは、やっぱりピンク系だった。雛子と同じフレッシュ・ストロベリーのマニキュアを試してから、マスカラに挑戦。くるんと巻いたまつ毛が華やかな表情をまとって、三日月形の大きな目がいっそう際立つ。

あたしと操と雛子は、みんなの夢中な様子を幸せな気持ちで見ていた。

もうすぐ、キャンディ色で飾った女の子たちが街にあふれるんだろうな。

065

セレブリティ

手元の時計で10分経ったところで、本題に入った。

「どんな風にすれば、これが売れるか、アイデアが欲しいんだけど」

名残惜しそうにメイクの手を止めて、みんなが現実に帰ってきた。

「これ、すごくかわいいじゃない。ボトルも中身も。それが広告でどこまで伝わるかなあ」

バナナ・マシュマロまつ毛の成実が言った。アイシャドウには、しぼりたての果汁のようなファジー・ネーブルを合わせている。

「口コミで売れると思うんだけど。問題は、どうやって口コミに乗せるか」

南海子はオレンジ・シャーベットが小麦色の肌に明るく映えて、ハワイのロコガールのよう。あたしがつけたのと同じ色なのに、全然違う印象になるから不思議。

「このキャンディ色をばっちり再現できたら、絶対売れるよ」

ジェリービーンズみたいに10色に塗り分けた爪の乾き具合を気にしながら瑞穂が言った。

「色の名前もかわいいから、一緒に紹介して欲しいな」

そう言う美月は、イチゴ色のマスカラにファジー・ストロベリーのグラデーションを合わせて、目元に上品な陰影をつけている。

「並べたら、ケーキ屋のメニューみたいだよね」

環の爪は、とろけそうなキャラメル色。

「透き通っているケースもポイントだから、ちゃんと見せなきゃ」と南海子。

「綴じ込み型のカタログが作れたら、持ち歩いて買いに行く」と成実が言うと、

「三原さん、予算的にはどうですか」とお金に厳しい雛子が聞いた。

「カタログは高いよ。でも、見開き広告をたくさん打つより、そのほうがインパクトも登場感もあるから、やる価値はあるかもね」と三原さん。

あたしは、ホワイトボードに《●綴じ込みカタログ》とつけ足した。

「本物のキャンディみたいなラッピングだとかわいくない？　色セロファンでくるくるって包んで」と瑞穂。

「かわいいー」

一斉に歓声が上がった。

「いっそお菓子売り場に置いてもらってもいいよね」と環。

美月が、うんうんとうなずいた。同じことを考えていたみたい。

「2月1日発売か。だったらバレンタインデーに間に合うね」と冴子。

ブルーベリー色が変だと本人も気づいたのか、目元はミント・シャーベットのシャドウで涼しげなそよ風色に改められている。

「男の子にプレゼントしてもらうんだったら、狙い目はホワイトデーでしょ」

成実が言い、そうだよねと女の子たちがうなずく。

名前がキャンディだから、バレンタインのお返しにちょうどいい。男の子が女の子につけて欲しそうな色もいっぱいあるし。

女の子がねだる。男の子が買ってあげようと思う。確かにチャンスだ。

「わたしがキャンディになるホワイトデー、なんてね」

つぶやきがコピーになっている雛子。さすがコピーライター選手権優勝。

「男の子雑誌にも広告を載せないと」と環。

あたしは《●キャンディみたいなラッピング》《●ホワイトデー広告》と続けて書いた。

「食玩のノリで超ミニサンプル配ったら？」

「だったら超ミニメイクボックスに入れて欲しいな」

「欲しい～」

「口コミ作戦でさ、学校で目立ってる子にサンプルばらまいたら？　そんときはアタシ、リストに入れてね。よろしく～」

南海子が言うと、環が提案した。

「セレブリティに使ってもらうってのが、いちばん効果的なんじゃない？」

テレビや雑誌でよく見かける有名人が身につけるだけで、商品は一気にメジャーになる。セレブリティの肉声のオススメが、広告の何十倍も売り上げに貢献したりする。だから、お金を出して広告塔になってもらうケースも多い。「仕込み」というやつだ。

「実はわたし、ＣＡＮＤＹ《キャンディ》と幼なじみなんだけど」

「そうだったの、環？」

同級生の雛子も知らなかった事実。

ＣＡＮＤＹは、もともと雑誌を中心に活躍していたモデルで、去年ＴＡＫＥが主演した連ドラで妹役を演じたのがきっかけでブレイクした。確かアメリカからの帰国子女で、都内のアメリカンスクールに通っているはず。

「彼女なら、名前もイメージもぴったりじゃない？」

操の猫みたいなシャープな上がり目は、見ようによってはＣＡＮＤＹに似ている。

あたしは《●超ミニサンプル》《●サンプルばらまき》に《●セレブリティ》と書き加えた。

午後2時に始まったブレストが終わってＭエージェンシーを出ると、空は夕焼け色に染まっていた。途中10分間のトイレ休憩をはさんだほかは休みなしのハードな3時間だった。

「お茶していかない？」という誘いを断って、あたしは家に急いだ。

期末テストの結果の順位はまだ出ていなかった。あたしは予備校の見学に行くと言って家を出ていた。

「いくつ予備校回ってきたの？」とママに聞かれる前に、「講義を2つ見学してきちゃった」とさらっと言った。

見え透いた嘘。だけどママは何も言わなかった。

066　シューティング

拡大ブレストがあった日の夜7時過ぎ、帰り支度をしていた三原さんのケータイに知らない番号から着信があった。

「CANDYです」

電話の向こうの声が告げた。

まさか本人から電話があるとは思っていなかった三原さんの頭の中がハテナだらけになっていると、電話の相手が続けた。

「友だちの環からジュリアズ・キャンディのことを聞いて、今すぐ見たくなったんですけど、行っていいですか？」

三原さんがどうぞと言ったら、CANDYは15分後にMエージェンシーに現れ、戦略会議室で2時間かけて全色を試したという。いつも誰かの視線を浴びている彼女にとって、誰にも邪魔されずに好きなだけコスメを試せた時間は天国だったかもしれない。

その時点で三原さんは、CANDYの起用は無理だと思っていた。CANDYの所属事務所がTAKEと同じだったから。CANDYがドラマでTAKEの妹役を演じてブレイクしたのは、そういうからくりだ。

ストーリーボード流出事件を知らないCANDYがマネージャーに「ジュリアズ・キャンディの広告に出たい」と言うと、最初マネージャーは乗り気だったのに、Mエージェンシーの仕事だと聞くと、ストップがかかった。それでCANDYはMエージェンシーと事務所の間に何かあったんだなと察した。

CANDYはそこで引き下がらなかった。マネージャーより話が早い社長に直談判した。

「何があったか知りませんけど、CANDYのチャンスがなくなって、誰がハッピーなんですか。バカげてると思います」

言いたいことを言ってから、CANDYはつけ足した。

「ごめんなさい。遠回しな日本語知らなくて」

CANDYの撮影は、12月の第2土曜日、目黒にあるスタジオで行われた。1月下旬売りの雑誌に間に合わせるには、プレゼンが終わってからの撮影では間に合わないからフライング。プレゼンに勝てると信じて。

あたしと操と雛子、それからCANDYを紹介してくれた雛子の同級生の環は特別に撮影を見せてもらえることになった。

三原さんに付き添われて午前9時過ぎにあたしたちが着いたとき、スタジオにはCANDYの他に12人が入っていた。

カメラマンとライトマンに2人ずつアシスタントがついて6人。ヘアメイクとスタイリスト+それぞれのアシスタントで4人。それからMエージェンシーのアートディレクターの女性とCANDYのマネージャーの女性。

赤いピタピタの長袖と紫のタイツ。右耳にルーズリーフ状態のピアス。年齢不詳のオジサンが、カメラマンのマモルさん。

その横で香盤表と呼ばれるスケジュールを広げて最終の打ち合わせをしている女性が、Mエージェンシーのアートディレクターの川崎由香さん。

Tシャツと色落ちしたジーンズと白のスニーカー。髪はグリーンのメッシュを入れたベリーショート。メイクはグリーンのマスカラだけ。そのシンプルさが美意識を感じさせる。

少年のような雰囲気の由香さんは、まだ入社4年目の26才。だけど、きびきびした動きで現場を仕切る姿は、三原さんに負けないぐらいカッコいい。

あたしもあと10年で、あんな風になれるの……かな。

ＣＡＮＤＹはメイクを終えて、ライトの前でスタンバイしていた。ナマで見るのははじめてだけど、お人形みたいで、テレビや雑誌で見るよりも、ずっと現実離れして見えた。

肌が透き通るように白くて、体の線が異様に細くて、ウエストはあたしの太ももくらい、顔はあたしの半分くらいしかない。なのに、きりりとした存在感があるのは、きっと瞳が強いせい。モデル出身だけあって、カメラを向けられると、プロの顔つきになる。

あたしの横で見ている環まで「いつものＣＡＮＤＹとは別人みたい……」とため息。こんなにかわいいのはモデルがいいから、それともジュリアズ・キャンディの魔法のせい？　環も雛子も操もオーラみたいなのを持っているけど、束になってもＣＡＮＤＹの放つ光にはかなわない。

「最近見た中では、彼女がいちばんいいな」と由香さんもほめちぎっていた。

ジュリアズ・キャンディの他にＴＨÉＭＥとヘアケア製品と通販下着を担当している由香さんは、街を歩いている女の子を見ても、「使える」「使えない」と反射的に審査してしまうそう。「キミたちは合格」と言われて、お世辞とわかっていても、あたしたちはいい気になった。

撮影はバストショット（上半身だけ）だから、ＣＡＮＤＹは椅子に座った姿勢。バナナ・マシュマロが10粒並んだネイルがちゃんと見えるように、テーブルに肘をついて手の甲をカメラに向けている。

CANDYの衣装は、フランネル地の七分袖ワンピース。メイクの色が引き立つように、真っ白でシンプルなデザインのものをスタイリストさんが選んできた。体に沿ったシルエットで、長さは膝下くらい。でも、足元は写さないから、黒のスリッパを履いている。

完璧に仕上げた上半身と気の抜けた下半身。そのギャップが何だかおかしい。

衣装にシワが寄ったり、糸がほつれたりすると、スタイリストさんが、

「入りまーす」

とCANDYに駆け寄って、ささっと手直しする。左の手首に巻いた針山には、針の他に安全ピンと小さなハサミが刺さっている。膨らんだポケットの中身は、ガムテープ。衣装についたホコリや糸くずをこまめにお掃除するため。

髪が乱れたり、汗でメイクが落ちてきたりすると、ヘアメイクさんの出番。腰に巻いたポーチからメイク道具を取り出して、素早く前髪を整えたり、パウダーをはたいたり。流れるような動作は、いかにもプロのワザという感じで、見ていて気持ちいい。

カーラーで巻いて遊ばせた毛先にはバナナ・マシュマロのヘアマスカラを微妙に入れている。CANDYの明るい栗色の髪は、染めたのではなくて地毛。環の話では、

彼女は7才までアメリカで暮らしていたのだけれど、日本人に見られたことはあまりなくて、日本に帰ってからは外国人によく間違えられたらしい。

CANDYがつけている色は、イエロー系×オレンジ系。

マスカラはオレンジ・シャーベット。あたしと多摩川学園の南海子が選んだのと同じ色。だけど、全然違う色。

あたしのは、ちょっぴり大人へ背伸びするオレンジ。

南海子のは、南の島の太陽を都会へ連れて来たオレンジ。

CANDYのは、甘い香りのする果実の妖精のオレンジ。

つけた瞬間、その人の個性を吸収して、ニュアンスに変換してしまう。ジュリアズ・キャンディの色には、そんな不思議な面白さがある。

長いまつ毛の向こうに見えるシャドウは、ファジー・ネーブル。目尻の上がったシャープな目に大粒の瞳。猫を思わせる目元を、イエローからオレンジの明るいグラデーションが縁取っている。

CANDYの目は、とにかくよく動く。真ん丸に見開いた次の瞬間には、小悪魔みたいにいたずらな視線を投げかけたり、天使みたいに無邪気に微笑んだり。秒刻みで表情が変わるたび、ファジー・ネーブルも違った印象になる。

そして、リップはハニー・キッス。はちみつ色の光沢に濡れて、CANDYの唇が誘ってくる。

「今の笑顔いいねー」

「髪かき上げてみて」

「腕組んでみよっか」

「目線こっちねー」

マモルさんは休みなしに声をかけながら、シューティングゲームの撃ち合いみたいな勢いでシャッターを押しまくる。

「納得するカットがないとサイサツすることになるから、フィルムは惜しみなく使うんだ」と由香さんが教えてくれた。

サイサツとは再撮影のこと。

「サイサツになると、カメラマンとモデルのスケジュールはもちろん、スタジオもヘアメイクももう1度押さえなきゃいけないし、手間もお金もかかるの。何より、やり直しってテンション下がるしね」

でも、今回はその心配はなさそう。それに再撮影をする時間もない。

「プレゼンが通ったら、駅貼りポスターで渋谷ジャックやるんだよ」

由香さんが言った。

「通ったらじゃなくて、通るの。通すの」

三原さんが訂正した。

渋谷駅周辺に集中貼りするから、渋谷はＣＡＮＤＹだらけになる。あたしはその光景を想像した。

プレゼンが通って、ジュリアズ・キャンディをまとったＣＡＮＤＹが街にあふれてくれますように。

広告を見た女の子たちは、この色を求めてお店に走るはずだから。

067
ブランディング

撮影が終わって、スタジオの隅にあるテーブルで、ＣＡＮＤＹを囲んでお茶とお菓子をごちそうになった。

環があたしたちを紹介すると、ＣＡＮＤＹはワンピースのすそを軽く持ち上げて、「ごきげんよう」とお茶目に挨拶した。三原さんには、

「また遊びに行っていいですか？　あの会社、好きになっちゃった」と人懐っこく言った。

誰とでもすぐ仲よくなれる性格だから、芸能界でもかわいがられているんだろうな。

「ハーイ、かわいこちゃんたち。こっち向いて」

帰り支度をしたマモルさんがテーブルに近づき、目に刺さるようなストロボを焚いてバシバシッと撮った。それから、「これ、CANDYちゃんに」と封筒をテーブルに置いて、去って行った。

封筒の中身は、本番前にテスト用に撮ったCANDYのポラロイド。ポラの中の彼女は、やっぱり、いつも雑誌で見る以上に生き生きしていた。しばらく見入っていたCANDYは、1枚を選んで、

「これ、パスポートに使いたいな。今まで撮ってもらった中で、いちばん好きな写真」

と胸に押し当てた。

みんなとゆっくり話したいからとCANDYは先にマネージャーさんを帰していた。クッキーやらチョコレートやら手当たり次第に頬張るCANDYを見ながら、どうしてそれが脂肪にならないのか、あたしは不思議だった。

CANDYは小さい頃から甘い物が好きで、キャンディを見れば泣きやむ子だったそう。最初に覚えた単語が「CANDY」で、それを自分の名前だと勘違いしていた。

「こっちのキャンディもだーい好き」

CANDYはテーブルの上に置かれたジュリアアズ・キャンディのネイルエナメルを手に取り、キスする真似をした。

「あれ、こないだなかったよね、この色」

操は目ざとく新色のプレシャス・プラリネを見つけた。焦がしたアーモンドの香ばしいにおいがしそうな、秋冬にぴったりのブラウン。

「見て見て。クリスマス・キャンディだって！」

雛子と環は赤と白が渦を巻いたリップに大喜び。

コスメがあればどこでもお試しコーナーにしてしまうあたしたちを、三原さんと由香さんはあきれ顔で見ていた。

「若い子たちは絵の具に夢中になるけど、私たちはキャンバスのほうが問題よね。色のせるまえに、まず下地をならさないと」

三原さんが頬をさすりながら言うと、

「私はまだトラブル知らずですよ」

由香さんは若さを強調する。一緒にしないでくださいよという口ぶり。

「そう言っていられるのもあと数年。30代に突入すると、ガクンと急降下するんだから」

三原さんが大げさに怖がらせて、あたしたちはヤダーと笑った。

「あーあ、年なんか取りたくないなー」

「わたしはおばあちゃんになるのが楽しみ」

雛子は操と正反対のことを言う。

あたしは早く大人になってひとり暮らししたい。でも、オバサンにはなりたくない。

20代で時間が止まらないかな。

「人間は時の流れには逆らえない。だけど、時間を財産にかえることができるのも人間なんだな」

三原さんが哲学者みたいなことを言う。

「ブドウを放っとけば腐るけれど、熟成させればワインになりますよね」

「いいこと言うね、由香ちゃん。腐ったブドウになるかワインになるか、中古品になるかヴィンテージになるか、時間の過ごし方で決まるってわけ……とまあ自分を戒めて、大人たちは生きてるの」

そう言う三原さんは、もちろんワインのほうだ。それもとびきりおいしいプレミアムの赤。飲んだことないけど。

「ブランディングが大事なのよ。ヒトもモノも」

三原さんが力を込めて言った。

ブランディング？

「そのブランドにしかない付加価値をつけていくってこと」

この場にいない健さんのかわりに、由香さんが答えてくれた。

「若いってだけで油断してちゃダメよ。商品だって、新発売のうちは目新しいってだけで売れても、飽きられちゃったらおしまいだからね。コイツでなきゃって思わせる個性や魅力が必要なの」

いつもの辛口を披露していた三原さんは、CANDYを見て、「しまった」という顔になった。新しいタレントが次々とデビューする芸能界にいるCANDYには、キツイ言い方に聞こえたかもしれない。

心配になってCANDYを見ると、手で空気を食べる真似をしていた。

「三原さんのありがたーい言葉を食べてるの」

ちょっぴり耳の痛いことも栄養にしてしまうCANDYは、ただのかわいい女の子じゃない。ブレイクした今がピークじゃなくて、まだまだ伸びる可能性を秘めている。CANDYとは比べようがないけど、あたしも山口摩湖ブランドを育てていかなきゃ。

「そう言えば、ブランド・スローガンどうします？」

由香さんが三原さんに言った。

コピーライターの有馬まりあさんがまとめてくれて、キャッチコピーは《わたしをおいしくする。ジュリアズ・キャンディ》に決まった。操が「摩湖をもっとおいしくしてあげる」と言ったのが原案。

でも、ブランド名とくっつけて使うブランド・スローガンがなかなか決まらなかった。

「3人で考えて。小娘のブランドは小娘にまかせる」

三原さんがそう言うと、

「それいいかも」

雛子はクッキーを置いてペンを取り、テーブルにあったA4用紙に、

コムスメコスメ

と書いた。

「コムスメコスメ？」

三原さんが読み上げて、CANDYが吹き出した。

操とあたしと環も笑い出して、雛子もほっとしたように一緒に笑った。

「コピーは会議室じゃなくて現場で生まれるのよね」

由香さんが雛子の書いたコピーを手に取った。

「ロゴ組んで、レイアウトするね。楽しみにしてて」

068
プレゼン

Mエージェンシーに来るのは何度目だろう。はじめてのブレストのときは青々していた街路樹は、すっかり葉っぱを落としていた。

エレベーターに乗り込もうとして、降りてきた女の人とぶつかりそうになった。

「すみません！」

あたしの声に、相手が立ち止まった。

「摩湖ちゃん！」

「え？　まりあさん⁉」

すれ違っただけなら、気づかなかったかもしれない。半年の間に、タンポポはバラのつぼみになっていた。

「わたし、イブにブイしたわ」

まりあさんはVサインを残して、真っ赤なドレスの裾を翻して駆けて行った。恋に向かって。遠ざかるハイヒールが歌っているように聞こえた。

ジュリアズ・キャンディのプレゼンは、よりによってクリスマスイブの夕方5時開始になった。世界物産宣伝部の担当者が全員そろうタイミングがそこしかなかった。

あたしと操と雛子と三原さんが戦略企画室に集合して、プレゼンボードを確認していると、ドアが開いて、三国さんと健さんが入ってきた。

「何をやってるんだ？」

三国さんの質問の意味が、最初はわからなかった。

「プレゼン前の最終確認です」

三原さんがきっぱりと言った。

「見ての通り、じゃない？」

操が小さな声で突っ込んだ。

「プレゼンはしないと言ったはずだが？」

あたしたちは「え？」と顔を見合わせた。

どういうこと？　たしかに、三国さんと健さんはプレゼン準備に一度も姿を見せなかった。でも、それは男にはわからないからという理由で三原さんが仕切っていたからじゃなかったんだっけ。

事情がわかっているらしい健さんは、三国さんと三原さんをかわるがわる見てオロオロしている。

「勝てないプレゼンに参加するだけ無駄だ」

「勝ちます」

「もし勝てても、売り上げ目標の10億には届かない」

「このままで終わりたくないんです」

このままで。その5文字があたしをグサッと貫いた。

「これ以上泥を塗ることになるかもしれないぞ」

「もう失うものはありません」

三国さんが黙り込んだ。

三原さんも黙り込んだ。

あたしたちは動けず、どちらかが次に何か言うのを待っていた。

「わかった」

先に口を開いたのは三国さんだった。

「そのかわりプレゼンは俺が仕切る。彼女たちはここまでだ」

「いいえ。これは彼女たちのプレゼンです。彼女たちにプレゼンさせます」

三原さんが言い切った。

三国さんが露骨に顔をしかめた。

急に振られて、あたしと操と雛子もあわてた。

「聞いてないよ」と操。

「三原さんがプレゼンするんじゃないんですか?」とあたし。

「コムスメたちの言葉でプレゼンしたほうが説得力があるでしょ」

三原さんは当然というように言う。

「いくら何でも無茶じゃないですか。高校生にプレゼンさせるなんて」

見かねた健さんが思わず口をはさんだ。

「当たり前だ。初めてプレゼンする相手に高校生なんかぶつけられるか。なめてると思われるだけだ」と三国さん。

「すでに4社競合でプレゼンが終わったところに飛び入りでプレゼンさせてもらうんです。これくらいの飛び道具があってもいいんじゃないですか」

「勝ちたいのか、最後に派手なことしたいのか、どっちだ?」

「もちろん勝ちたいです」

「恥かくだけだ。高校生と共倒れする気か」

普段ならあたしたちの前でしない話を三国さんと三原さんはしていた。結果だけ告げられるよりは、包み隠さず聞かせて欲しい。だけど、聞きたくなかった気もする。

高校生ブレーンを採用することに、三国さんも反対だったのかもしれない。だから今、後悔しているのかもしれない。

「宝物は君の中にある。それを宝の山にするか、宝の持ちぐされにするかは、君次第だ」

不意に三原さんが本の一節を読み上げるように言った。

「何が言いたい?」

「三国さんの書いた『ブレーン・ストーミング入門』、就職活動のときに読みました。この人と働きたいと思い続けて、新卒採用で落ちたMエージェンシーに中途入社しました。三国さんのいるマーケティング本部に配属になり、戦略企画室に引っ張ってもらい、夢が叶いました。でも、私が憧れていた三国さんは、こんな人じゃなかったです」

三国さんに必死に訴える三原さんの目に涙が浮かんだ。

「好きにしろ」

三国さんは部屋を出て行った。

「みっともないとこ見せちゃって、ごめんね」

三原さんが明るく言った。

何と言っていいのか、わからなかった。

三国さんだって、このままで終わりたくないはず。ただ、これ以上誰も傷つけたくないから守りに入っている。

本当だったら、今頃は売り上げ10億円の目標を軽々とクリアして、来年のことを笑いながら話していた、はずだった。

それができなくなったのは、あたしのせいだ。

この人たちを悔しがらせ、言い争わせてしまったのは、あたしだ。

あたしにできることは、ジュリアズ・キャンディのプレゼンに勝つことしかなかった。

世界物産のエントランスに着くまで、三原さんは何度も立ち止まり、振り返った。三国さんが現れるのを待っているのだ。

セキュリティゲートを抜けようとしたとき、三国さんが追いついた。

「来てくださったんですね」

「いるだけだぞ」

三原さんと三国さんが短く言葉を交わした。

大会議室に通されると、U字型のテーブルを得意先の面々がぐるりと囲んでいた。女の人は藤野さんと、大学生ぐらいに見えるアシスタントっぽい女性の2人だけ。あとの10人はスーツ姿の男の人たち。全員が三国さんより年上に見えた。つまり、オジサン。

三国さんと三原さんと健さんに続いて部屋に入ってきたあたしたち3人を見て、オジサンたちが「あの子たち何？」「モデル？」とささやきあっているのが聞こえた。操と雛子だけならそう見えたかもしれないけど、雑草が交じっているので判断がつかないという感じ。

テーブルのUの字の開いている辺りにあたしたち6人は固まって立っていた。

「本日は、このような機会を与えていただき、ありがとうございます。わがMエージェンシーは世界114か国に拠点を持つ広告グループの一員です。世界物産様の新ブランド『ジュリアズ・キャンディ』の日本での成功にぜひとも力を発揮させていただきたく、アイデアをお持ちしました」

三原さんの正面、Uの字のいちばん出っ張った辺りに座っている眼鏡の男性がちらちらと時計を見ている。あくびをしている人もいる。

「こちらの高校生ブレーンの3人が中心となって、今日のプレゼンテーションを準備しました。ここからは、彼女たちの言葉でご説明いたしましょう」

三原さんの言葉を合図に、あたしたち3人が一歩前に出ると、

「ちょっと待ってください。その子たちの話を聞けと言うんですか」

時計をちらちら見ていた男の人が言った。

「割り込みのプレゼンっていうから、どんなものを見せてくれるかと思ったら、子どもの余興ですか」

「こっちは朝から会議続きでくたくたなんですよ」

「真面目にやってくださいよ、Mエージェンシーさん」

まずい、まずい、まずい。

三国さんが心配していたのは、このことだったのか……。

「申し訳ございません」

三国さんが頭を下げた。

「引き続き、弊社三原がご説明いたします」

「お言葉ですが、私は、彼女たちのプレゼンを聞きたいと思います」

藤野さんが遮った。

「ジュリアズ・キャンディを買うのは、彼女たちです」

居並ぶオジサンたちを黙らせて、「お願いします」とあたしたちに頭を下げた。

どうしようと三原さんを見ると、三原さんは大きくうなずいた。

あたしと操と雛子は、覚悟を決めてうなずきあった。

「ジュリアズ・キャンディ。アタシたち高校生は、こうとらえました」

操の声が震えていた。震える手でボードをひっくり返して、

「コムスメコスメ」

なぜかオジサンたちが一斉に首を傾げた。

三原さんが身振りで「逆、逆」と伝える。

コムスメ
コムスメ

2行に組んだロゴが逆さまになっているのに気づいて、操があわてて上下を正した。藤野さんとアシスタントの女性がくすくすと笑い、あくびをしていた男の人がつられて笑った。

緊張がほぐれて、操がいつもの調子を取り戻す。

「ありそうでなかった、アタシたちコムスメのブランド。生意気でわがまま、お金はないくせに注文は遠慮なくつける。コムスメは困った生き物です」

時計を見ていた眼鏡の男の人が手元のシートに何か書き留めた。

ケーキやマカロンをコラージュしたボードを持って、雛子が続ける。

「そんなコムスメたちがお財布のひもをゆるめるのは、スイーツ。名前も見た目もキャンディみたいなこのコスメたちを、いっそお菓子みたいに売り出してみたら、というのがコムスメたちのたくらみです」

いよいよあたしの出番。売り場とラッピングのイメージをレイアウトしたボードを手にした。

「パティスリーみたいなショップ、プチガトーみたいなラッピング。このラッピング欲しさに買っちゃうコムスメがいたっていいんです」

ふんぞり返って聞いていたオジサンたちの背中は、すっかり起きている。

「ジュリアズ・キャンディが日本に上陸する2月はバレンタインデーの季節。その1か月後にはホワイトデー。チョコのお返しといえば……」

ちょっと余裕が出てきたあたしは、U字型テーブルを見渡してから続けた。

「そう、キャンディです。そんなジュリアズ・キャンディの顔にぴったりな女の子を見つけました」

あたしはオジサンたちを惹きつける間を取ってから、次のボードを見せた。

プレゼンに勝てると信じてフライングで撮ったCANDYのベストショット。

「皆さんもご存じだと思います。モデルでタレントのCANDYです」

思ったほど反応はなかった。

「合成写真ではありません。時間もないことなので、撮影しちゃいました」

今度はテーブルにどよめきが走った。Mエージェンシーの本気が伝わった。

「使えるんですか？　予算オーバーでしょう？」

あくびをしていた男の人が口をはさんだ。

予想通りの展開。

「実は、当方でもＣＡＮＤＹの起用を検討したのですが、1年契《ねんけい》約で３０００万円と言われまして」

藤野さんが言った。そう、相場はそれぐらいなのだけど、

「実はＣＡＮＤＹは私たちの友だちなんです。それで、友情出演ということで、3か月《ワンクール》契約３００万円で出てもらえることになりました」

またしても「ほう」が口々にこぼれた。実際は撮影のときに仲良くなったわけだけど、嘘はついていない。

あくび男も眼鏡男も身を乗り出している。もうひと押し。

「駅貼りポスターと雑誌広告のレイアウト案もお持ちしました」

あたしが言うと、操と雛子がレイアウト案のボードを掲げた。

「コムスメたちをときめかせる準備は整っています」

後は得意先のＧＯを待つだけ。早くＹＥＳと言って。

合格の鐘が鳴る瞬間を待ちながら歌うのど自慢出場者みたいな気持ちで、あたしはテーブルを見渡した。

藤野さんが拍手したのに続いて、アシスタントの女性が拍手をした。オジサンたちもつられて拍手する。健さんまでつられて拍手をした。身内だぞとたしなめるように

健さんを見る三国さんの目が笑っていた。

藤野さんが三原さんに大きくうなずいた。うなずき返す三原さんの目がうるんでいた。

世界物産の建物を出ると、北風が体を包んだ。だけど寒さを感じない。体がまだほてっていた。

「俺がプレゼンしてたら、勝てなかったよ」

三国さんが晴れ晴れとした顔で言ったから、あたしは期待してしまった。

「10億円取れたんですか？」

「まさか」

ジュリアズ・キャンディのローンチ・キャンペーンは平面媒体のみで、予算は1億円。年間売り上げ目標の10億円は達成できなかった。会社との約束通り、戦略企画室は年内解散が決まった。

ある程度覚悟はしていたことだけど、もしかしたらという期待はあった。だけど、これが現実。

戦略企画室で担当していたプロジェクトはマーケティング本部の業務として引き継ぐという。

「最後に1点返せたじゃないか。これで心おきなく日本を離れられる」

思いがけない三国さんの言葉に、あたしたちは「ええっ」となった。

「あれ、言ってなかったっけ。Mエージェンシー・パリに赴任することになったって」

もしかして、あたしのせいで……？

「飛ばされちゃうんですか？」

「飛ぶんだよ」

三国さんが力強く言った。

069　ニーズ

「摩湖、イルミネーション見て行かない？　とっておきの場所があるんだけど」

三原さんが明るく声をかけてくれた。

あたしをひとりにしたら危なっかしいと思ったのかもしれない。

三国さんは吹っ切れた様子だったけれど、あたしは申し訳なさでいっぱいだった。

あたしのせいで戦略企画室は解散に追い込まれてしまった。

三原さんが連れて行ってくれたとっておきの場所は戦略企画室だった。

ブラインドを上げると、イルミネーションに彩られた街を見下ろせた。

大きな紙袋や花束を抱えた人たちが、歩道を埋め尽くしている。寄り添って歩いているカップルたちは、無限大∞の形につながって見えて、この幸せは最高で永遠のものなのよと言っているみたいだ。

デビュー前日にお目見えしたSAMURAIのビルボードの前で、女の子のグループが写真を撮りあっていた。10メートルはありそうな横長のボードに並ぶ7人は、影武者の衣装ではなく白装束姿。「平成の討ち入り　12月14日　SAMURAI」と勢いのある毛書体でコピーが入っている。

デビューアルバム『SAMURAI』はリリース当日にヒットチャートのトップに躍り出た。最後に会ってから1か月も経たない間に、彼らはあまりにも遠くに行ってしまっていた。

SAMURAIの隣には、『七人の影武者』のビルボードが並んでいた。先週末に封切られた映画は、連日若い子たちが詰めかけて、Jプロダクションも映画会社もうれしい悲鳴を上げている。

表参道を隔てた向かいには、雛子が名前をつけたTHÉMEのビルボードが見えた。あたしが高校生ブレーンになるきっかけをくれたコピーライター選手権のお題。プレゼント・キャンペーンで等身大ミラーを提案したのが、高校生ブレーンの初仕事だった。

その隣のビルの屋上には、チョコの海にとろけるTAKEがいた。できることならストーリーボードを持ち出す前に時計の針を戻したい。でも、あの事件がなかったらジュリアズ・キャンディを攻めることもなかった。

TAKEの所属事務所の怒りはまだ解けたわけではないけれど、救われるのは、最近TAKEが「5000円で落札された残念なヤツです」とネタにして、三枚目路線を開拓してくれていること。ドラマで妹役を演じたCANDYが何か言ってくれたのかもしれない。

結果的には、「おいしい」スキャンダルになった。

もちろん結果。運が良かっただけ。やってしまった過去は消せない。けれど、上書きすることはできるんだってこと、あたしは痛みと引き換えに知った。

TAKEが貼りついているビルの1階は、チキン・ザ・チキン。クリスマス限定バージョンのセーターを着て、ニットの帽子をかぶった男の子と女の子の店員がクリスマスチキンを売っている。

アメリカの店と同じダサい緑色の上下が、あたしたちの提案した季節限定のトップスとジーンズの組み合わせに変わったのは、影武者バーガーの売り出し日。どちらの効果かはわからないけど、閑古鳥だった店に若い子たちが集まっている。

「ブレスト・ストリートだね」

三原さんが言った。

家と学校を往復する毎日。半径5キロの世界で生きていたあたし。高校生ブレーンになって、たった半年の間に16年間の平凡を塗り替えるような経験を次々とした。ブレスト、グルイン、イベントの立ち会い、モデルの撮影……。

ビルボードの中から外の世界を見据えている羽前の、強い瞳を見た。

羽前は、小さな頃からテレビに出るのが夢だった。おばあちゃんの大好きなテレビに出てあげたいと思っていた。田舎に住んでたから、テレビに出るのはすごいことだったんだと待機車の中で話してくれた。

その夢が毎日でも叶うね、羽前。でも、あたしはまだ自分の欲しいものがわからない。

「操はね、1月から研究所に通うんだって。美大に入るための予備校。チキチキのときのデザイン画をほめられて、自分の才能に目覚めたらしいよ」

CANDYを撮影した現場で、操はアートディレクターの由香さんに相談した。帰りに、教えてもらった研究所を見学して、その場で申し込んだというのが操らしい。

雛子は、フランスの大学を受験するために、フランス語を習い始めたという。

「『星の王子様』を原書で読むのが夢なんだって。三国さんが昔パリに留学した話、小田急線で一緒に帰るたびに聞いて、決意が固まったって言ってた」

操も雛子も、そんなこと、ひと言も言ってなかったのに。あたしの中では革命的なほど刺激と変化に満ちた6か月。でも、実は何も変わってなかったんだ。あたしが止まっている間に、彼女たちは次の時代を歩き始めていた。

やっぱりあたしとは全然違う。

あたしはため息をついて、前から聞きたかった質問をぶつけた。

「三原さん、どうしてあたしに声をかけてくれたんですか。操と雛子はわかるけど、あたしなんか……」

高校生コピーライター選手権の受賞パーティのときから、ずっと不思議だった。

あたしを高校生ブレーンのひとりに選んでくれたのは、なぜ？

「摩湖がいちばんたくさん応募してきたから」

「だけど、30本送って、引っかかったのは1本だけでした」

「私には、全部引っかかったよ」

三原さんはそう言って、あたしを見た。上向きのまつ毛の下にある、真っ直ぐで迷いのない目で。

「自分はこんなもんかなって半分あきらめてるけど、あきらめきれない。だから、チャンスをつかんで、何かを変えたかったんだよね？　大勢の中に埋もれている自分を誰かが見つけてくれるのを待っていたんだよね？」

「どうしてわかるんですか」

「昔の私がそうだったから」

あたしは驚いて三原さんを見た。

「エネルギーがあり余っているのに、どこにぶつけていいかわかんなくて、自分には何かできそうな気がするけど、今ひとつ自信が持てなくて、変なコンプレックス持っていたりして。未来が見えない分、過去とか現在にこだわって、センチメンタルになってしまってた」

それは、まさに今のあたし。若い頃の三原さんもそうだったの？

あたしの疑問符を置き去りにしたまま、三原さんは続けた。

「摩湖を見ていると、透明な鳥籠の中でもがいているみたい。どこにでも飛んでいける自由と翼があるのに、自分で自分の限界に線を引いている」

「あたし、自由なんかじゃないです。うちの親は厳しいし……」

「私ね、ずっと、親とうまくいってなかったの。理由は何だと思う？」

わかりませんとあたしは首をすくめた。

「私の想像力」

三原さんが答えた。

「母親は孤独な主婦で、父親は何の趣味もないつまらない会社人間で、狭い世界に生きている両親の最大の関心事は娘の私。ああなんて窮屈、っていうストーリーを勝手に頭の中で組み立てちゃったの」

それって、まるであたしのママとパパのことみたい。

「でも、実際は違った。大学に入るまで知らなかったんだけど、母は独学で英語を身につけて、家で翻訳の仕事をしていたのね。ただ、その姿を娘に見せなかっただけ。無口な父が俳句をやっていて、その道では結構知られた人だってことも、ずっと知らなかった」

三原さんは、ひと呼吸置いて言った。

「たくましい想像力がマイナスに働くこともあるのよね。プラスに働けば、ブレストで威力を発揮するんだけど」

あたしは知らなかった。数日前の終業式の日の午後、突然ママが三原さんに会いにMエージェンシーを訪ねたことを。そして、1時間も話して帰ったことを。

あたしの2学期の期末テストの成績は、クラスで11番だった。ママとの約束の「10番以内」には届かなかった。その結果を見て、ママは「頑張ったわね」とも「惜しかったわね」とも言わなかった。ただひと言、「M何とかには、まだ行きたいの?」と聞いた。

微妙な聞き方だった。「今も行っていて、まだこれからも行きたいの?」とも「今は行っていないけれど、まだ行きたがっているの?」とも受け取れた。ジュリアズ・キャンディのプレゼンの日も、友だちの家で勉強してくると嘘をついて家を出た。Mエージェンシーには、もう行っていないことになっていた。誘導尋問かもしれないと思いつつ、「うん」と答えると、ママは「そう」とだけ言った。

そのママが三原さんに会うなり、「お会いしたかった!」と声を弾ませたことも、もちろん知らなかった。あたしの知ってるママだったら、そんなこと、ありえない。

ママは稔の証言と記憶の断片をつなげて、「広告代理店M何とかの三原さん」を探し当てた。どんなに口酸っぱく言ってもやる気を出さなかった娘が猛勉強して、成績が急上昇したのはM何とかのせいだ、一言お礼を言わないと気が済まない。こうと決めたら、ママは行動が早い。

「こちらの会社は『必要』を作っているんですってね」

戦略企画室へ案内されたママは、三原さんの目をまっすぐ見て言った。

広告代理店は何も作っていないとパパに言われたとき、あたしは「ニーズを作ってる」と反論した。

そのときの言葉をママは覚えていた。ニーズを需要ではなく「必要」と呼んだ。

「摩湖にとっても、この場所は『必要』なんですね」

「いえいえ、必要としているのは、こちらのほうです」

驚いて三原さんを見たママの顔には、「まさか！」と書いてあった。

「本当です。摩湖さんには何度も助けられました」

ママの目に涙が光った。

「摩湖を必要としてくださって、ありがとう……」

そこまで言うのが精一杯だった。涙で語尾が消えた。

そんなママのことを、あたしは知らなかった。三原さんに聞いてもまだ信じられない。

Mエージェンシーを飛び出して原宿駅に向かう途中、人混みから頭ひとつ出ている健さんを見つけた。少し前屈みで肩が左右に揺れる特長のある歩き方。遠くからでもすぐわかる。

その首元に目が釘付けになった。

明るい黄色と黄緑のストライプのマフラーに見覚えがあった。

SAMURAIのQRコードラリー最終日に渋谷でスタジオ出演を見た帰り、操につきあって選んだ彼氏へのクリスマスプレゼント。それを健さんが巻いているということは……。

健さんの隣に見え隠れしている茶髪は、きっと操だ。

みんな変わっていく。過去を壊して、未来を裏切って。


「ただいま！」

あたしはとびきり明るい声で帰宅した。

ママが玄関まで出てきて、あたしの顔を見た。

今日が大切なプレゼンの日だったことをママは知っている。

あたしの顔を見て、いい知らせか悪い知らせかを読み取ろうとしている。

ごめんなさいなのか、ありがとうなのか、言いたいことがありすぎて、こんがらがって、言葉にならない。

「ただいま」

あたしはもう一度言った。

「今言ったじゃない」

ママが笑った。

「いいの！」

あたしはママの胸に飛び込んで、もう一度言った。

「ただいま！」

単行本版あとがき（2004年刊行『ブレーン・ストーミング・ティーン』）

今、このあとがきを読んでいるあなたは、どんなきっかけで『ブレーン・ストーミング・ティーン』を手に取ってくれたのでしょう。そして、どんな思いで読んでくれたのでしょう。

ブレストの旅におつきあいいただき、ありがとうございました。

「ブレスト」という言葉を聞いたことはありましたか。

わたしが知ったのは、就職してからでした。

書くことが好きという理由でコピーライターを志望し、運良く採用された外資系広告代理店で飛び交うカタカナ語のひとつが、ブレストでした。

ブレーン・ストーミングとはよく言ったもので、頭の中を引っかき回すこの作業は、脳ミソに嵐を起こし、アイデアの断片を浮かび上がらせていきます。そうやって掘り起こした思いつきをかき集めて、ミキサーにかけるようにぐしゃぐしゃとかき混ぜ、思いがけないアイデアを絞り出していくのです。

　ブレストの場で求められるのは、人と違った視点と切り口を発揮する「独創性」と、人の意見を上手に取り入れる「協調性」。でも、入社した頃のわたしは「独走性」と「強調性」ばかりが目立ち、空回りの連続でした。自分にアイデアがないものだから人のアイデアをけなしたり、心にもない爆弾発言をぶちまけたりして、余計な嵐を呼び込んでいました。ちょうど『ブレーン・ストーミング・ティーン』の摩湖が最初のほうに取っていた、いじけた態度のように。

　人の目のつけどころや発想を楽しみつつ、それに刺激を受けて自分のアイデアを引き出せるようになるまでには、何年ものブレスト修行が必要でした。

　ブレストは、クローゼットの引き出しという引き出しを開けて探し物をする感覚にも似ています。靴下のもう片方を探していたつもりが、買ったことも忘れていたタイツを見つけたり、右手に持ったスカーフと左手に持ったネックレスを見て、突拍子もないコーディネイトを思いついたり。

　頭の中の引き出しは、もっと複雑で、自分でもどこに何をどれだけしまっているのか、つかみきれません。それが、ブレストの嵐に翻弄されると、記憶の森に眠っていた経験や知識が浮かび上がってくるのです。教科書に載っていた詩の一節だったり、故郷で見た風景だったり、子どもの頃の思い出だったり。そんな中にブレイクスルーのきっかけが潜んでいることもあります。今回の小説では、雛子が観た映画と摩湖が読んだ絵本から、「チョコレート工場めぐり」というプロモーション・キャンペーン案が生まれています。

何からアイデアが生まれるかわからないのがブレストの面白いところ。言い換えれば、何でもアイデアの材料になり、栄養になるのです。通勤電車から見える景色も、深夜番組のギャグも、カフェで聞こえてくる会話も、メールのやりとりも。

自分が見たこと、聞いたこと、感じたこと、うれしいことも悲しいことも悔しいことも何ひとつ無駄にはならない。そんな風に思えるようになってから、ブレストも、広告の仕事も、がぜん面白くなってきました。

『ブレーン・ストーミング・ティーン』の前身、『ブレスト』という小説を書いたのは、1998年、入社5年目のこと。ある文学賞に応募するためでした。

応募原稿に添えた「作品のねらい」には、こう書いてありました。

通勤電車の中で女子高校生の会話を聞いていると

「この子たち、本当に仲いいのかな」とか

「毎日、楽しいのかな」とか

オネーサンは心配になることがあります。

人間関係も、感動も、生き方も、うすっぺらくなってきている。
そういう時代なのかもしれませんが、ちょっと淋しい気がします。
せっかく若くて、細胞もぴちぴちで、放課後だってあるんだから、
もっと面白いことを考えたり、もっと何かに夢中になったり、
もっとドキドキしたりしてほしいな……なんて思っているうちに
じゃ、夢を見る材料がごろごろ転がっている
わたしの職場に彼女たちを招待しちゃえ、と思ったわけです。

仕事が順調に回り出すようになって、ようやくまわりを見渡せる余裕が出てきたのでしょう。女子高校生の将来を勝手に心配して、頼まれもしないのに「働くって楽しいよ。大人になるって悪くないよ」という小説を書き上げたのでした。

とはいえ、わたしが勤めている広告代理店には、高校生ブレーンはいません（いないはずです。たぶん、きっと）。Mエージェンシーの戦略企画室の中で繰り広げられているようなブレストは、営業や制作や媒体やマーケティングの持ち場を超えて、各プロジェクトの担当者が頭をつきあわせてやっています。

作品に登場する得意先や製品は、すべて架空のもので、出てくるアイデアも、この小説のために作り出したものです。甘いものが好きなので、チョコレートの仕事をや

りたいなあなどと思いながら、お気に入りの映画『Willy Wonka & the Chocolate Factory』みたいなプロモーション・キャンペーンはどうだろう、と「ひとりブレスト」しながら書いていました。

小説の中で摩湖や雛子や操が感じたこと、三国さんや三原さんや健さんが教えようとしたことは実体験が元になっています。会社に入ってから、上司や同僚や得意先に言われたこと、痛かった言葉、励まされた言葉、心に残っているやりとりや台詞が、戦略企画室での会話になりました。

自分よりひと回り若い子たちを励ますつもりで書いた『ブレスト』でしたが、これを読んで励まされたのは、5年後の自分自身でした。

ある文学賞に応募した『ブレスト』は、17編まで絞られて落っこちたきり、ワープロの中で眠っていました。2003年、ファイル整理をしていて懐かしい原稿を見つけたわたしは、ひさしぶりに戦略企画室の大人たちと高校生ブレーンの彼女たちに再会したのでした。

自分で書いた話なのに、あらためて気づかされたことがたくさんありました。忙しさの中に置き忘れていたことを思い出しただけかもしれませんが。

宝物は自分の頭の中にあるんだよ。それを宝の山にするか、宝の持ちぐされにするかは、気の持ちようと人との関係のあり方だよ。ブレストを通して成長した摩湖たちが、目を輝かせて語りかけてきた気がしました。「頭の中」を「心の中」に置き換えてもいいなと思いました。

　宝物は自分の心の中にある。宝物は自分の中にある。

　そう信じられることが、どんなに人を強くすることでしょう。自信は、運や夢を引き寄せる力になる。それは、広告の仕事にとどまらず、どんな仕事にも、生きていくという営みそのものにも当てはまることのように思えました。

　そして、この話を他の人にも読んでほしいという気持ちがむくむくと膨らんできました。

『ブレスト』から『ブレーン・ストーミング・ティーン』に改訂して出版するにあたって、5年の間に吸収したこと、発見したことを書き加えました。『ブレスト』を書いた当時、ケータイを持っている高校生はひと握りでした。今は、持っていない高校生のほうが少なくなっています。そんな時代の変化も反映させました。

　でも、ケータイを持つ高校生の数が変わろうと、大人になることへの憧れと不安が胸の内に同居していることは、いつの時代も変わらない気がします。自分が高校生だった頃を振り返れば、大人になんかなりたくない、会社の歯車になんかなるもんかと思っていました。

　そんなわたしを広告の世界へ導いてくれた家族や友人や本や映画や旅行や出来事、

広告人として鍛え育ててくれた人たちや製品たち、たくさんの幸運な出会いと偶然への感謝を『ブレーン・ストーミング・ティーン』に込めました。

これから高校生になる人にも、今高校生の人にも、かつて高校生だった人にも、この本が、ほんの少しでも元気と勇気とアイデアを贈れたら幸いです。

2004年春　いまいまさこ

本書は、二〇〇四年四月、弊社より刊行された単行本『ブレーン・ストーミング・ティーン』を大幅に改稿し、改題のうえ文庫化したものです。

ブレストガール！

女子高生の戦略会議

二〇一七年一月十五日　初版第一刷発行

著　者　今井雅子
発行者　瓜谷綱延
発行所　株式会社　文芸社
〒一六〇-〇〇二二
東京都新宿区新宿一-一〇-一
電話　〇三-五三六九-三〇六〇（代表）
〇三-五三六九-二二九九（販売）

印刷所　株式会社暁印刷
装幀者　三村淳

ISBN978-4-286-18209-4

文芸社文庫